淡交新書

茶の湯百人一首

筒井紘一

淡交社

目次

本書は、小社より刊行の『茶の湯百人一首』（平成十六年九月発行）に加筆・修正を行い、淡交新書として再編集したものです。

茶の湯百人一首

茶の道は心に伝へ目に伝へ　耳に伝へて一筆もなし

千　宗旦

裏千家四代仙叟《せんそう》宗室が認《したた》めた宗旦《そうたん》画像の賛が残されています。宗旦の末子として生まれ、加賀前田家三代の利常に出仕した仙叟が、父宗旦七十歳の坐禅像を線描して賛語として宗旦の詠歌を添えたものです。その賛語は、

従加州堀田氏　咄々斎元伯宗旦翁像好求之
則七十賀ノ像ニ旦之詠哥
七十のとしなみこゆる末の松
をひかわりなん君ハときはに
客朝夕茶道を経営　厚志ノ本望也
元禄六年弥生廿　宗室記

というものです。加賀の堀田氏は朝夕茶道に身を置き、仙叟と厚く交友した人物とみえ、堀田氏から宗旦の画像を頼まれて書き与えています。そこには宗旦が古希を迎えて、再び

生まれ変わった気分でいる境涯を、永遠に続く松の木にたとえた賀歌が添えられています。

ところで、宗旦の茶について、次のような話が伝えられています。

ある年の年末近くになって、宗旦のもとへ旧知の友人であった北野延命院の僧から口切《くちきり》の茶事の案内が届いたので、宗旦は明朝必ず参上すると堅く約束をしました。相伴《しょうばん》は下京の二人の茶人であるとのこと。ところが夜半過ぎから雪が激しく降りはじめたため、延命院の僧はもしかすると雪に興趣を覚えた宗旦がおいでになるかもしれないと思い、露地の灯籠に火をともし、釜を懸けて準備を整え、不動堂に入って読経していると案の定宗旦が訪ねてきました。そこで露地口から座敷へと案内します。

利休居士の時代から、わび茶人たるもの雪の朝は必ず一会をすべしというのが習いであったから、正午が約束の口切の茶よりも早く訪れたということになるのです。

延命院はまず炭斗《すみとり》を持ち出して宗旦へ炭を頼み、その間に自分は汁掛け飯を用意して持ち出し、宗旦にすすめます。寒い季節に汁掛け飯の馳走に会い、宗旦は心ゆくまで頂いて濃茶をすすり、薄茶まで済んだところでようやく暁近くなってきました。宗旦は「一生の想い出になる興趣深い茶の湯の一会でした」と言って、失礼いたします。

さて、正午近くなって二人の客がやってきます。僧が迎えに出ると、相伴の二人は「宗旦老はもうおいででしょうか」と尋ねます。僧は「宗旦老は急に差し支えができたとかでおいでになれないとのことです。そのためお二人にはゆっくりとお茶を楽しんでいただくようにとのことづてがありました」と言って座敷へ案内します。

茶会は無事終了しましたが、二人は宗旦が約束を違えたことを不満に思い、宗旦のもとへ出かけていき、急用のおもむきを問いただすことにしました。宗旦は二人を迎え入れると、「今朝はちょっと急用ができて残念ながら行けませんでした」と言って二人にお茶を出します。

と、ちょうどそこへ延命院がやってきて、「今暁は、早々にお出まし頂き、ありがたく存じ、お礼に参りました」と言う声が二人に届いたからたまりません。やがて延命院が茶席に通ったところで、二人はさっそく自分たちをだました延命院を厳しく咎めはじめます。そこで、宗旦は二人をなだめて、「延命院があのように言ったのは当然のことです。もし私が雪の興趣をめでて明け方に訪ねてきて茶を済まして帰ったと聞かれたならば、両人とも興趣がそがれておもしろくも何ともない茶会になったのではありませんか」と言ったので、二人は初めて納得がいったとのことです。宗旦は、これこそ延命院の働きとしては一代の上出来だと言って誉めたといいます。茶会の亭主と客は、たとえ定石を逸脱してもそこに気働きがなければならない場合もあるのです。宗旦は、「茶は全によるがゆえに示すべき道なし　ただ平生かたり伝ふ古人の茶法を以て指月とせばおのずから得る事あらん」（『茶話真《ちゃわま》向翁《むきのおきな》』）と言っています。右の話はその典型を伝える逸話ではないでしょうか。

冒頭の一首はこうした宗旦の茶を表現する代表的な和歌です。春屋宗園《しゅんおくそうえん》のもとで修行を重ねるうちに禅の教え「教外別伝《きょうげべつでん》　不立文字《ふりゅうもんじ》」を体得した宗旦の茶禅一味の境涯がこの一首に表現されたと言えます。

せんのそうたん●一五七八―一六五八
千利休の孫。少庵の子。千家三世。祖父利休居士の意によって、大徳寺三玄院の春屋宗園に喝食として入る。千家再興を機に還俗し、三人の子を大名家に仕官させて三千家を興させ、自らは隠居、わび茶に徹した。晩年、東福門院や近衛応山公に恩顧を受けた。

遠くよりと訪《と》ひくる友を待つ宵の　夢は楽きことのみにして

益田鈍翁

益田鈍翁は大正大震災で破損した小田原掃雲台《そううんだい》の田舎家を、信州軽井沢の別荘無塵庵に移築することに決め、大正十四年（一九二五）夏にはそれができ上がりました。そこを訪ねた高橋箒庵が、鈍翁から添削をしてくれるように依頼されたのが「軽井沢草庵記」と題された一文でした。本文には軽井沢の風景と、草庵移築の経緯が説かれたあと、鈍翁に言わせれば、田舎家はバラック式の粗屋であるが、風致に富んでいて、樅《もみ》、栗、楢《なら》をはじめ、山つつじが散在し、青苔も敷きつめられており、「心地清々しく、茅屋《ぼうおく》却《かえつ》て金殿玉楼に勝る」ということになります。鈍翁はさらに、

都人や富豪は定めてむさ苦しく感ずるならんが、唯地下の利休居士が之を見て、三百年後草庵茶事の猶ほ絶えざるかと微笑を洩《もら》さるゝならんと思ふのみ

と記しています。鈍翁は、ここで茶事を楽しもうと思っているのでしょう。

鈍翁はこんな茅屋に遠方から客を招くには申し訳ないことだと思っていた矢先、幸いな

ことに近所に大地主根津青山《せいざん》の麗沢山荘《れいたくさんそう》があって、丁度青山の茶事に招かれていた高松即《そく》是《ぜ》、岡谷真愛、森川如春、山内飽霜、粕谷半醒、箒庵などが、鈍翁の田舎家に来てくれることになりました。ところが当日は激しい雨が降ったため、鈍翁は、

当地名物の雷公が余興の積りか、大太鼓を鳴らして雷嫌ひの高松、岡谷、森川を戦慄《せんりつ》せしめ、三氏をして此地に不快の印象を生ぜしめたるは余の甚《はなは》だ遺憾とする所なり

と詫言を言い、目を楽しませる什器もなく、口舌を悦ばせる食材もないけれど、

一服の茶、半搗《はんつき》の米に山中の清楽を共にせん事、余が老境平生の希望なり

と書いてこの一首を詠んでおります。すべてのことを成し遂げてきたあと、老境に達した鈍翁の境涯が詠まれた和歌と言えるでしょう。

ますだどんおう●一八四八―一九三八
実業家。佐渡の生まれ。名は孝、号は鈍翁の他、観濤・雲外・宗利。大蔵省官吏から三井に転じ、三井合名を組織し三井財閥を大成。弟克徳の影響で美術品・茶道具を蒐集し、茶会を頻繁に催し、大師会を創始した。晩年は小田原に隠棲して茶三昧に過ごした。

花もみじ苫屋も歌もなかりけり　ただ見渡せば露地の夕暮

南坊宗啓

南坊宗啓と言えば『南方録』を書いた人物とされてきましたが、現在では実在の人物なのかどうかも疑問視されるようになってまいりました。その一方で利休茶杓の下削師《したけずりし》であり、堺の南宗寺《なんしゅうじ》の塔頭集雲庵の三世と伝えられる慶首座《けいしゅそ》とオーバーラップした人物とも考えられています。いずれにしても宗啓は利休居士の高弟ということになるため、『南方録』では、利休の門弟として宗啓自身がどれほど師に仕え、師弟の気味が一致していたかを随所に披露しております。宗啓の茶室「松下堂」に掲げた看板「露地清茶規約」を利休居士がどれほど誉めてくれたかを得意気に書いた部分を立花実山《たちばなじつざん》の『南方録』と『壺中炉談《こちゅうろだん》』に載せておりますし、道具の好みの一致なども書き留めています。この一首は、『南方録』の記述として有名な、武野紹鷗《たけのじょうおう》のわびを表現した古歌の、「見渡せば花も紅葉もなかりけり浦のとま屋の秋の夕暮」と、利休居士の「花をのみ待つらん人に山里の雪間の草の春を見せばや」に追加して宗啓が詠じた一首として、関竹泉《せきちくせん》（竺僊）の『茶話真向翁《ちゃわまむきのおきな》』

に記されております。玄々斎はこれを一幅に記して、
はなもみちとまやもうたもなかりけりたゝ見わたせは露路のゆふ暮
と書いていますが、ともに花・紅葉も歌もない無一物の境涯を言いたかったのではないでしょうか。

なんぼうそうけい●生没年不詳
『南方録』（七巻）の筆者とされる禅僧。堺の集雲庵二世住持を自称。千利休の茶の湯の弟子。利休没後約百年を経て立花実山によって顕彰され、南坊流の祖と仰がれるが、慶首座と同一視されるなど、出自や経歴の詳細は不明。

今も猶君がたてけむ釜の湯の　流れを汲まぬ人なかりけり

江口令徳

江口令徳は明治後半から大正初年にかけて京都府立第一高等女学校の教授であり、歌人猪熊夏樹《いのくまなつき》の門下として知られ、大正十二年(一九二三)に『江口令徳歌集』が出版されました。

令徳がどれほど深く茶道を学んでいたかは不明ですが、茶の湯文化への造詣は深かったのではないかと思います。なぜなら高等女学校に女子教育の一環として茶道を取り入れたのは令徳だと思えるからです。そこへ茶道教授に出講したのが、若き日の円能斎鉄中でした。女学校には円能斎の母真精院も茶儀科の授業に出られていたのですが、円能斎が女学校の稽古に出ると校長から「宗室さんはまだ若いし、美男子すぎるから女学校には不向きだ」と言われたという逸話まで残されているほどです。とはいえこの時、学校教育のために円能斎が考案した点前《てまえ》が現在も行われている「盆略点前《ぼんりゃく》」です。こうした縁があって令徳は茶道への興味を深くしたのでしょう。その歌集の中に茶に関する詠歌が十首ほど見られます。歌から判断すると、茶に興味を持ち出したのは明治三十年(一八九七)頃から

と考えられます。同三十一年に「茶摘」と題して、

木の芽つむ都のたつみ賑《にぎ》はひぬかりほ結びし里としもなく

など二首を詠じています。また大正五年十一月には、「茶」と題して、

釜の湯の音のみたつる庵の内はうき世の事も聞えさるらむ

初時雨をりふさはしき口切に炉の香たゝよふ庵の内哉

など五首の詠があります。「千利休」と題したこの一首を詠んだのは明治三十三年(一九〇〇)のことでありました。多分千家の茶を学んだであろう令徳が、維新後の混乱期を過ぎて、茶道の復興を迎えた感慨を一首にこめたのではなかったでしょうか。そして令徳の茶境が深まった時期の心の発露が大正五年の和歌だと考えられます。

えぐちれいとく●一八六一―一九二一
京都の人。名は弁吾、字は令徳、号は謙堂。歌人猪熊夏樹の門人。京都府立第一高等女学校教授を務める。

松風の声きく宿のさゝれ石　苔むす庭の代々に伝へよ

大綱宗彦

松平十八家の一家大給《おぎゅう》松平家乗友の子として生まれた玄々斎精中が心の拠り所としていたのは大徳寺黄梅院《おうばいいん》の住僧大綱《だいこう》和尚であったと考えられます。大綱和尚は十代認得斎の時代から度々今日庵の茶事などにも招かれており、玄々斎も師父のごとく何事につけても相談するようになりました。玄々斎は三十歳になった天保十一年（一八四〇）に利休居士二百五十年忌を厳修していますが、その記念茶会の二会目に和尚を招いています。その後はますます親しくなっていき、尾張藩主徳川斉荘《なりたか》の茶道の師となり、松山大守より二百石もの加増がなされたことを知らされた大綱和尚は『空華室日記《くうげしつにっき》』の天保十二年一月十八日に「余これを聞き、歓喜にたえず」と書き記しています。そして、

今日庵中今日主　盛栄今日興家風　不唯逢張藩寵認　得松藩逢秩豊

と書いて玄々斎の盛儀を祝っております。時に大綱は六十九歳、玄々斎は三十二歳でありました。つづく嘉永二年（一八四九）七月九日の条に、

玄々宗室作茶杓　さゝれ石と名付しを見て
松風の声きく宿のさゝれ石こけむす庭の代々に伝へよ
又、長ひさこ
埋火に友をむかへて長ひさこ心むなしき物かたりせよ
又、玄鶴
松風をたへす聞らん羽くろきつるを友なる仙人のやと
右三首、深津宗味所望

と書いています。冒頭の一首は玄々斎作の茶杓の銘「さゞれ石」を見て、松風の音が絶えない千家の茶が絶えることなく代々伝えられるようにと願った一首だとわかります。

だいこうそうげん●一七七二―一八六〇
大徳寺第四三五世住持。京都の人。四〇九世融谷宗通の法を嗣ぐ。諱は宗彦、号は空華室、昨夢。黄梅院一四世住職。吸江斎宗左、認得斎宗室、玄々斎宗室と親しく、以心斎宗守の参禅の師と言われ、茶人松村宗悦、陶工永楽保全、南画家小田海僊らを取り立てた。

わが前に見猿きかさるいはさるを　かきをく跡も残る子のため

松尾宗二

松尾宗二の画像に自詠の狂歌一首を認めた一幅が松尾流宗家に伝えられています。宗二は明暦四年（一六五八）五月二十四日に八十歳で没していますが、一幅の正面に「南無妙法蓮華経」の題目を書き、三猿を直視している法衣姿の宗二の像の右側に「明暦四戊戌年仲夏廿日　行年八十歳　物斎宗二霊魂」と書き、左側に「人有而末期の一句作ませと問ハ、ただのこれよと答よ」と詞書《ことばがき》して、冒頭の一首が記されています。その一幅は没する四日前に書いたことになります。死を予想しての「霊魂」かとも思いますが、確実なことはわかりません。宗二は子孫への遺言として、人間の生き方というものは三猿のようにあるべきだと諭したのではないでしょうか。松尾流は、珠光《しゅこう》の弟子であった辻玄哉《つじげんさい》を遠祖として、宗二を流祖とするようですが、宗旦から「楽只軒」の扁額を与えられていますから、宗旦の高弟であったことがわかります。宗二の没年は宗旦と同年であり、年齢も一歳違いでほとんど一緒ですから、宗旦と同時代を生きてきたわび茶人であることがわかります。わび茶を継承するためにはよほど強靭な意志がないと重代できないぞという心得が説かれています。

まつおそうじ●一五七九―一六五八
松尾家三世で、家祖辻玄斎の孫に当たる。名は甚助、号は物斎。茶の湯を宗旦に学び、高弟の一人とされる。宗旦から「楽只軒」の額と銘「楽只」の茶杓、同銘の竹一重切花入を贈られている。

木のめにる釜の音さへしづ岡の　庵《いお》にたのしくひと日暮しつ

高橋箒庵

高橋箒庵の名は『大正名器鑑《たいしょうめいきかん》』の編者として茶道界で知らない人はないほどだと思います。一方交遊の広さについては『大正茶道記』や『昭和茶道記』などを見ると驚かされるに違いありません。近代の多くの数寄者の中で、その人となりを偲ぶ茶会が毎年行われているのも箒庵をおいて誰一人として見出すことができません。護国寺で行われている「箒庵忌」がそれです。

大正十四年（一九二五）二月十一日、箒庵は東海一の数寄者と言われた熊沢一衛《くまざわいちえ》の茶会に招かれていきます。箒庵は車中からの景色をながめながら、

年はまた明けしばかりの箱根山梅にこもれる里も見えけり

駿河なる友がり行けば富士のねは雲間に笑みて我をむかふる

などの駄作（自称）を詠みながら静岡に到着して鷹匠町の熊沢邸に向かい、厳父八十歳の寿を祝う茶事に出席していますが、道具組の詳細については『大正茶道記』に譲りたいと

思います。その茶会の印象を箒庵は、

木のめにる釜の音さへしづ岡の庵にたのしくひと日暮しつ

春風はまづ吹きそめぬあたゝけきあるじの情《なさけ》こもるいほりに

の二首にこめて熊沢一衛に与えています。

親しい友との二時《ふたとき》の楽しい時間を過ごすことができた感謝の念があふれ出た二首の和歌だと言えるでしょう。

たかはしそうあん●一八六一―一九三七

茶道美術評論家。名は義雄。水戸の生まれ。時事新報に入社、のち三井銀行に入り、五十一歳で実業界を引退、三十代から親しんだ茶道三昧の生活に入る。日録『万象録』や『東都茶会記』『大正茶道記』『昭和茶道記』、著作『箒のあと』『近世道具移動史』『茶道読本』などの他、『大正名器鑑』を編集。

点てる茶は四十八手の外なれば　ついに茶碗の端を欠くらん

東西庵八十嶋

第六十九代横綱白鵬の活躍には目を見張るものがありますが、江戸相撲の力士でありながら、その一方で茶人でもあった人物を御存知でしょうか。本名を八十嶋富五郎といい、東西庵の号を持つ関取です。現在、相撲博物館に、春英画となる東西庵八十嶋が点前をしている一枚の錦絵があります。

十七歳で力士となり大坂で活躍していた八十嶋は、寛政八年（一七九五）十月の江戸本所回向院の場所に初めて登場します。しかしその後は前頭どまりであったとはいえ、文政二年（一八一九）十月四日、現役のまま六十歳で没するまで、四十四年間の土俵生活を続けたと言われます。

八十嶋は力士としての活躍をする間に度々茶事に招かれたり、亭主を務めていると考えられますが、その折にちょっとした失敗をして、詠んだのが表記の一首だと考えられます。その詞書に、

ある人のもとへ行て、あやまちて茶碗のはしをかきし時

と書いて、

たてる茶は四十八手の外なればついにちやわんのはしをかくらん

の和歌を詠んでいます。茶碗の扱いは相撲の手にはない手であるために、つい失敗して欠いてしまったことを諧謔風に詠み込んだのでしょう。破れた茶碗の持ち主もこれほどの即興歌を詠まれたからには許さないわけにはいかなかったに違いありません。

とうざいあんやそじま●一七六〇—一八一九
江戸時代後期に活躍した相撲の関取。大坂住吉郡遠里村の生まれ。名は富五郎、四股名は八十嶋。大坂相撲の力士となったが、十七歳の時、江戸相撲に移って前頭まで上り、六十歳で没した。茶の湯を嗜み、東西庵と号す。

大かたの人の心はみな同じ　衣は着ても狐なりけり

宙宝宗宇

この歌が宙宝和尚の自詠であるかどうかはわかりませんが、宙宝は白蔵主《はくぞうす》の絵を描いてこの歌を賛しておりますので取り上げてみることにいたしました。大徳寺芳春院《ほうしゅんいん》の宙宝が茶好きであったことは知られております。一行物ばかりでなく茶杓や茶碗、棗《なつめ》などの箱書きをしたものが世間に伝えられております。

白蔵主と言えば狂言「釣狐」で有名ですが、永徳年間（一三八一―八四）に堺の小林寺耕雲庵の住僧が三匹の狐を可愛がっていたため、この狐が吉凶を告げるなどの霊性をもって僧侶を助けたところから名付けられたものです。その話を基にしているのが、この歌でしょう。世間に住む着飾った人たちの心は、狐のように人をだますものだから気をつけるようにと言っていますので、人生訓として受け止められてきたに違いありません。と言って、茶会の待合などに掛けられますと、亭主が客の心を揶揄《やゆ》しているようで、冷やっとさせられる客も多いのではないでしょうか。

伏見稲荷の門前で焼かれた伏見人形の中には、白蔵主の置物があります。元伯宗旦を慕ったことで知られる相国寺の宗旦稲荷の宗旦狐とともに、白蔵主は茶会の趣向として取り上げにくい貴重な狐の一つです。

ちゅうほうそうう●一七六〇—一八三八
大徳寺第四一八世住持。京都の人。四〇六世則道宗軌の法を嗣ぐ。諱は宗宇、号は一獃、松月老人、破睡、仁孝天皇より大光真照禅師の号を賜わる。大徳寺芳春院一三世、東海寺輪番。晩年は芳春院内の松月軒に退居し、茶の湯を楽しみ、遺墨も多い。

茶はすけよ道具はすくなかけ茶碗　一つ持ても一心ぞかし

横井淡所

横井淡所の著作『茶話抄』によれば、ある人が茶碗と茶筅の絵を描き、賛を依頼されたために付したのがこの和歌だと書いています。茶道は、好きにならなくては技の上達も心の体得もあり得ないのですが、茶人の覚悟として第一に必要なものは「志」を持って飛び込み、それを好きになることでしょう。

しかし、茶の世界に入ると次第次第に道具への興味がおきて、あれもこれもということになりやすいものです。そこで「道具はすくなかけ茶碗」と言って、必要最小限の道具を持ち、繕った欠け茶碗で満足できるようになることが、わび茶の心を体得する早道だろうというのであります。

よこいたんしょ●生没年不詳
紀州徳川家家臣。本名横井次太夫。表千家如心斎宗左に就き、茶道の奥義『茶話抄』を著す。

住所もとめかねつつあづまさして　行は古式に松もなりひら

山上宗二

利休七哲に数え挙げられる武家たちや千道安《どうあん》、少庵という子供たちとは違って、居士の筆頭の弟子と言えば山上宗二の名が挙がるのではないでしょうか。師利休の茶法を書き留めた本が『山上宗二記』であるというのはよく知られています。

この宗二が生涯で最も大切にしていた道具が密庵咸傑《みったんかんけつ》の墨蹟（国宝）でありました。宗二は三十代の前半にはこの墨蹟を入手しており、表具の直しを利休居士に依頼しました。のちには津田宗及《そうぎゅう》の懇望によってこの墨蹟を手渡してしまいます。

織田信長の没後、天正十年（一五八二）十一月、山城国山崎の妙喜庵《みょうきあん》内で秀吉の茶会があったときには、今井宗久《そうきゅう》、津田宗及、千利休たちと一緒に宗二も招かれています。さらに翌年の閏正月にも山崎茶会に前記の他、万代屋宗安《もずやそうあん》、重宗甫《じゅうそうほ》たちとともに参席、翌十二年正月三日には大坂城山里の御座敷披きの茶会にも宗及とともに招かれていますから、最初は老練の宗久、宗及、利休などに並んで若手の数寄者として可愛がられていたようです。

ところが、その年の十月には、秀吉の怒りをかって堺に住めなくなったようで、北国へ逃れてしまいます。半年余りで怒りが解け、美濃国墨俣城《すのまたじょう》での陣中見舞いのため津田宗及、住吉屋宗無に同道して出かけます。

再び宗二が秀吉の怒りをうけて畿内にも住めなくなったのは、天正十四年か十五年頃であったらしく、十六年二月まで高野山に隠れ住んでいます。しかしそこにも住めなくなったのか、東国を指して下っていったのが二月二十七日のことでした。宗二はそのとき、二本の『山上宗二記』を書いています。その一本雲州岩屋寺に与えた宗二記の跋文《ばつぶん》に詠まれた一首がこの和歌です。

今日東路ヲ指テ罷下候御披露奉候　仍如件

住所もとめかねつゝあつまさして行ハこしきに松もなりひら

と書いています。そして追記に牢人となって難儀は多いけれども、

少ハ楽モ御座候、国々名所旧跡可令一見候、其上富士浅間武蔵野奥州松嶋平泉迄与住候

と書いて、富士から平泉に至る名所旧跡も見られ、そのどこかには住めるだろうから、楽しみもあるにちがいないと負けおしみを言っています。

一首の意味は『伊勢物語』の在原業平と同様に東下りをする身の不便さを重ねあわせているのでしょうが、『万葉集』巻二の「岩代《いわしろ》の野中に立てる結び松心も解けずいにしへ思ほゆ」や『伊勢物語』十四段の「栗原の姉羽《あねは》の松の人ならば都のつとにいざと言はましを」などのように、古式通りの「結び松」をするか、待つ人が多い都へ神へ祈って戻りたいものだとの意をこめているのではないでしょうか。

やまのうえそうじ●一五四四―九〇
茶匠。堺の人。号は瓢庵、屋号は薩摩屋。利休の高弟。『山上宗二記』を編述した。織田信長に参仕し、津田宗及とも親交。豊臣秀吉に堺衆茶匠として召されたが、天正十二年に牢人し、前田利家に召された。小田原城攻めの下向に利休のとりなしで秀吉に伺候したが、意に逆らって殺されたという。

つつしみて元朝の御茶たてまつり　祖堂にいのる道のさかへを

無限斎宗室

昭和三十二年（一九五七）の御題は「ともしび」でしたが、その年の「淡交」新年号に無限斎宗匠は「茶室のともしび」と題する随筆を寄稿されています。内容は夜咄《よばなし》の茶事に招かれた折の短檠《たんけい》の灯りについての興趣深い話ですが、その最後に、

蓬莱にめでたく明くるとりの年

の発句を詠まれたあとで、この一首を添え、つづいて嘉代子夫人が、

暁の祖堂にゆらくともしひをみちのしるへと仰きけらしも

と詠じています。御夫妻がともに利休御祖堂に一碗の茶を献じて、裏千家茶道の発展を祈る姿が彷彿としてまいります。無限斎の生涯における三大事績を挙げるならば、皇族・宮家への献茶奉仕と寺社への献茶の拡大、海外への茶道普及の開始、及び同門社中の組織化と法人登録ではなかったでしょうか。その人生の途中には第二次世界大戦という不幸な出来事がありましたが、それは昭和三十九年に逝去されるまでの間、続けられます。まず皇

族・宮家への献茶奉仕について言えば、大正十四年（一九二五）四月に大徳寺において明治天皇の皇后である昭憲皇太后殿下に献茶されたことから始まります。

昭和二十八年（一九五三）に還暦を迎えた無限斎は、二月に皇太子殿下への献茶を奉仕されて、

梅かほる日嗣の皇子の御前にて木の芽を点てて捧げまつれり

と詠じております。また十一月には第五十九回遷宮御式会祭に際して初めての伊勢神宮献茶の宿願を果された宗匠は、

大神の宮居の林千代をへてこけむす杉のおごそかにたつ

と詠じて感激を新たにしています。無限斎が事あるごとにこうした和歌を詠じられているのは、若い頃から絵を奥谷秋石、和歌を神谷保朗に就いて学んでこられたからです。嘉代子夫人も同様に詠歌がお好きでしたので、「淡交」の新年号に、宗家ご一家が「御題」による詠歌をされるのが恒例となって現在まで続いているのはご承知の通りです。

ことある度に詠歌によって自らの感懐を表現してきた無限斎宗匠ですが、「庭中九景」と書かれた自詠の一幅がありますのでそこに書かれた歌を次に記しておきます。

無色軒呉竹

たくひ無色とたゝへむ我宿に幾千代ちきる軒のくれ竹

寒雲亭桜画

寒からぬ雲間のさくらちりもせてむかしをかたるはなの色かな

今日庵月会

塵の世に今日は心をすませとやまとにさし入る月のさやけさ

又隠窓前鶯

又も世に隠るとすれと春はなほいほりとひ来るうくひすの声

銀杏樹晴嵐

夕立のすきつるあとの大空にいてふのこすゑいや高くして

内腰掛夕陽

夏ふかき木の間の夕日影はへてこゝろ涼しき庭のうち水

咄々斎鉦声

ももとせをかさね〳〵て打伝ふ鉦のひゝきのなつかしきかな

祖堂初時雨

後むかしひきて手向の口きりにもみちをそむる初しくれかな

抛筌斎巌松

さゝれ石の岩となるまて松生の栄へをよはふ庭の松かせ

むげんさいそうしつ●一八九三―一九六四

裏千家十三代円能斎宗室の長男。幼名政之輔。初め玄句斎永世、のち宗叔、仙台伊藤家の嘉代子と結婚して淡々斎と改称、碩叟、梅糸庵とも号した。三十歳の時、家元を継承。大徳寺の円山伝衣老師に就いて得度し、無限斎の号を授かる。好み道具が多く、また流儀統一のため淡交会結成、国際茶道文化協会設立などの功績を残した。

ことさらの千代のはじめや大和歌　くり返しうたひ猶あふくらし

後水尾天皇

後水尾天皇が愛玩していた指人形に「気楽坊」があることはよく知られています。滑稽な顔付きをして彼地を向いたおとぼけ人形ですが、天皇はそれを指につけて、のちに明《めい》正《しょう》天皇となられた娘や後西天皇をはじめとする皇子たちを驚かせて楽しんでいたのではないでしょうか。

天皇は、江戸時代初期の寛永文化の中心人物であったと言われ、御子の後西天皇とともに茶の湯を愛好した天皇として知られております。上皇となった後水尾院が茶の湯を楽しんだのは修学院離宮でした。院の中宮は二代将軍秀忠の娘東福門院和子ですが、女院は万治三年（一六六〇）頃に「御茶屋」を完成いたしました。籠谷真智子氏はこの茶屋が修学院離宮の中の茶屋ではないかと推測されています（『女性と茶の湯』）。この茶屋建築の奉行をしたのが所司代であった板倉周防守重宗です。上皇は、その労をねぎらって「此ちややたくひなし」の沓冠歌《くつかぶりうた》を色紙に書いて与えています。その沓冠歌というのがこの一首です。

ことさらの千よのはしめややまとうたくり返しうたひ猶あふくらし

沓冠とは和歌の折句の一つで、各句の初めと終わりに一音ずつの十音を詠み込んだものをいいます。上皇の詠まれた一首は直接茶の湯を詠んだ歌ではありませんが、沓冠の十音が「この茶屋たぐいなし」の語でありますので取り上げることにいたしました。

ごみずのおてんのう●一五九六―一六八〇

第一〇八代天皇。後陽成天皇第三皇子。幼称三宮、名は政仁。慶長十六年（一六一一）践祚即位。徳川秀忠の女和子（東福門院）を中宮に迎えたが、紫衣事件を機に譲位して院政を敷き、和学・歌学など学芸を奨励、仏道にも深く帰依して落飾した。修学院離宮を創建して、書・茶の湯・花道・詩歌管絃などを通した寛永宮廷文化サロンの中心的存在となった。

ときは山とはにはさかずいはつつじ　春くれぬまをまたもきてとへ

足利義政

将軍義政が自ら詠じた歌かどうかの点になると確証はありませんが、この歌は藪内竹心《やぶのうちちくしん》の『源流茶話《げんりゅうちゃわ》』に出てまいります。ある人が竹心に「垂撥《すいはつ》」とはどのようなものですか、と尋ねてきた答えに使われた和歌です。義政から武野紹鷗の頃までは、茶席と言っても四面の壁はすべて鳥子紙の張付けであったため、垂撥を掛けて花入を掛けていました。そこで義政は「すいはつ」という字を句の中に詠み込んで一首を作ったというものです。ところが、利休の時代にさび壁という土壁になったので、直接壁の中に折釘を打ち込み、花入を掛けるようになったと竹心は言っております。竹心の説につきましては問題がありますが、百首歌とは離れてしまいますので、触れないことにいたします。

この歌のように品物の名前を一首に詠み込む方法を「物名歌《もののなうた》」といいます。後世になると俳諧の世界にも及んで、三代中村宗哲は七十歳になった時、七百歳生きたという伝説上の仙人彭祖《ほうそ》にならって七百個の彭祖棗を造りはじめたと言われます。その棗の箱には必ず

「はうそ」の文字を詠み込んだ句が書かれています。たとえば「菊をつまば、喰《くろ》うてやろう、お城味噌」のようなものです。また茶道具を詠み込んだ和歌が江戸時代初期には流行したらしく、大徳寺の沢庵《たくあん》和尚の詠とされる『沢庵和尚茶器詠歌集』にも「てんもく」と題した、

今更に思ひすてゝむもくるしくてうきにまかせて世を過すなり

などの歌が二十五首詠まれています。

さて、義政詠とされる「垂撥」の歌は、岩つつじよ、常磐山だからといって永遠に咲けるわけではないよ、だから春が暮れてしまわないうちにはやく咲いておきなさいと呼びかけた一首です。

あしかがよしまさ●一四三六―九〇
足利八代将軍。兄義勝の夭折のため、幼年で家督を継ぎ、宝徳元年（一四四九）に将軍職に就く。義政の所持した茶道具は後世「東山御物」と称された。

おかしやな俄か茶の湯のてん〱は　田舎人でもおかしかるべき

千　少庵

利休居士が、ある時二人の息子道安と少庵を呼び出し、二個の青竹の蓋置を並べると、それぞれ好きなほうを選ぶように申し付けました。一個は中節の太い蓋置、他は節なしのほっそりとした蓋置でした。すると、二男の少庵は節なしを取り、道安は中節の蓋置を取り上げたと言われます。利休の孫宗旦の三男江岑《こうしん》宗左《そうさ》が書いた『江岑夏書《げがき》』には「易の中され候は、ふしなし能き候由、仰せられ候」と書かれています。居士は少庵の取り上げた節なしの蓋置のほうがよいと言っているのです。この話が利休何歳の頃のことかは不明ですが、たしかに現在、永青文庫が所蔵している居士の蓋置は節なしです。しかし、残された利休形の蓋置は有節であることが多いので、一概には言えません。

この逸話は度々、道安と少庵の性格の違いを述べる場合の引き合いに取り上げられます。道安は剛直で一本気の性格、少庵は天性穏やかで隠忍自重型の人間であったということだと言われます。つまるところ、少庵の静に対し、道安は動であるという評価になるというわけです。

この蓋置の逸話は、そのまま茶杓についても言えます。道安、少庵ともに利休形を手本としながらも、道安に強い個性が感じられるのに対して、少庵には造形的なやさしさを見ることができます。少庵の茶杓の多くに見られる単樋《ひとひ》の深い、蟻腰《ありごし》・雉子股《きじまた》は、利休定型の投影を見るようであると同時に、均整のとれた形姿の中に、穏和で素直な感性を窺うことができます。

少庵が堺の茶道界に登場するのは兄道安より十年ほどあとの天正六年（一五七八）十一月二十一日に津田宗及の茶会に招かれた会だと言えます。そして翌七年の二月八日には再び宗及の夜会に山上宗二と二人で招かれており、さらに、松屋久政の天正七年九月二十一日の朝会と同二十四日の不時《ふじ》の会に、利休、万代屋宗安とともに、少庵も出席しています（『茶道四祖伝書』）。少庵が茶人としての活躍をはじめたことがわかります。その後天正十年正月二十六日には、天下の三宗匠の一人津田宗及を大徳寺門前屋敷に招いて朝会を催すまでに成長しています。

少庵が詠じた一首は、藪内真翁宛の消息に詠み込まれた狂歌です。全文は以下の通りです。

きのふハ途中にて御早々に御進候、尾州より嘉斎
上京、俄茶一会可申候、宗山殿同行との事ニ候、
必々御出待入候へく候、草々已上
おかしやな俄か茶のゆのてん〳〵ハ
いなかひとてもおかしかるへき
少（花押）
少庵
藪紹智老　机下

尾州から嘉斎が上洛してきましたので俄《にわか》の会を催したいと思います、宗山殿が同行するとのことですので、必ずお出ましいただくことをお待ち致しておりますと書いたあとに添えた一首の意味は、「おかしなことになるかもしれませんね、あちらこちらが。俄の会の趣向ですので。しかし、田舎人でも面白く感じるような取り合わせのはずですよ」という意です。料理の仕立も道具の取り合わせもともに同様の趣向になるに違いありませんが、そこは俄の会ですのでお許し下さい、というほどのことでしょう。少庵が宛てた紹智が剣仲（一五三六―一六二七）なのか二世真翁（一五七七―一六五五）なのかは明確ではありませんが、藪内家では真翁宛てとされているようです。とすると、真翁は少庵より三十一歳も

若くなりますので、気楽な誘いの会ということができるでしょう。

せんのしょうあん●一五四六―一六一四

利休の後妻宗恩の子で、実父は能役者宮王三郎三入。天正四、五年頃、利休の女を娶った。利休や義兄の紹安（道安）と同様に秀吉の茶堂となり、利休賜死後は蒲生氏郷を頼って会津若松に流寓、のち徳川家康・氏郷らのとりなしで赦免され、本法寺前に屋敷を与えられ、不審菴を再興した。隠居後は子の宗旦を後見したという。

なつかしくかこふ竹垣草の門　見しよりゑみの眉ひらけたる

慈延

伴蒿蹊《ばんこうけい》などと共に平安和歌四天王の一人である慈延は、大愚《だいぐ》と字《あざな》する天台宗の僧でした。ところが洛東岡崎に隠遁して冷泉為村《れいぜいためむら》、為恭《ためちか》に和歌を学び、和学をも学んで世間周知の歌人となります。慈延の茶については不明な点が多くありますが、蒿蹊などと共に藪内家の関竹泉（竺僊）の茶会に招かれた記録が『茶話真向翁《ちゃわまむきのおきな》』に記載されています。それは、寛政六年（一七九四）十一月の冬至の翌日でした。竹泉は茶事の途中で拠所《よんどころ》ない用事が生じ、懐石も過ぎ濃茶まで練り終えたところで大塚政純に任せて外出しました。客は慈延、蒿蹊をはじめ橘春暉、蘭州政美などの面々でした。そこで政純はこれだけの賓客が一堂に集うのは稀なので、一人ずつ詩歌を詠じていただきたいとお願いをしました。そこで先ず最初の一首を詠んだのが慈延のこの和歌でした。一首は、久しぶりに訪れた竹垣や草葺の門を見た時から、これからの茶会を期待する喜びが自然と湧いてくるという程度の意味でしょうか。次いで詠んだのが蒿蹊の一首であり、他は唐詩を賦しております。慈延は茶事に招かれて露地入りしたあとの一期一会の楽しみを一首にこめております。このあと主人竹泉が戻ってきたらしく、『茶話真向翁』には、

程なく菴りに帰り諸君の珠玉を見侍りて
みかきたる光ハしるし唐やまと
ことはの露の玉の数々

と書かれています。全員が自詠してくれたことに対する感謝の気持ちを表徴した一首と言えるでしょう。

じえん●一七四八―一八〇五
歌僧。信濃国長野の人。字は大愚、号は吐屑庵・度雪庵。出家して天台宗に入り、京都岡崎に住す。冷泉為村、為恭に歌道を学び、平安和歌四天王と称された。編著に『慈延和歌聞書』『堀河院初度百首抄』他があり、歌は『三槐和歌集』他に採録されている。

いにしへゆいまに至りて陶物《すえもの》の　おほき聖の楽の道入

伊藤左千夫

木下恵介監督の映画「野菊の如き君なりき」に青春の思い出を重ねる方々も多いことと思いますが、原作伊藤左千夫の『野菊の墓』に涙したのは私ひとりではないでしょう。左千夫は小説家としてよりは正岡子規門下の歌人としての名が広く知られております。左千夫の歌集の中には「茶」を詠んだ和歌が多くあります。伊藤左千夫と茶道との関わりについては戸田勝久氏の『近代の芸文と茶の湯』に詳しく述べられていますので、ここでは触れませんが、この一首は「黒楽の碗」と題して詠んだ明治三十五年（一九〇二）の一連の和歌から取り上げた歌です。古くから今に至るまでの焼物の世界の中で、聖と称してもよい樂家三代のんこうを賞した一首ですが、他にも、

日の本のやまとの人の円《まど》かなるこころゆなりし楽焼ぞこれ

道入のらくの茶わ(ん)にの茶を飲みて世を有経《ありへ》なば吾願ひ足る

左千夫がのんこうの茶碗を所持していたかどうかはわかりませんが、のんこうの茶碗で

茶を飲むことを願う心情があふれた一首です。左千夫は「冬籠」（明治三十七年）と題して、

茶を好む歌人左千夫冬ごもり楽焼を造り歌はつくらず

と詠じて手捏《てづく》ねにふける自分の姿を写していますし、「釜」（明治三十八年）と題して、

桃山の黄金の城に召されつつ釜作りせる辻の與次郎

と、與次郎に思いを馳せた一首も詠んでいます。

いとうさちお●一八六四―一九一三
千葉県に生まれる。三十歳頃から和歌、茶の湯を学ぶ。正岡子規に師事、歌誌『馬酔木』の中心となり、小説『野菊の墓』、『春の潮』などを書いた。晩年には茶室「唯真閣」を設け、茶の湯の和歌を多く残す。

千代よろづよゝに尽くせぬ影とめて　くもらぬ君の道したふなり

藪内竹心

藪内家五代で中興と言われる竹心が「利休像画賛」として詠じた一首です。

竹心は町人の経済力伸長によって乱れてきた元禄時代の茶道界を批判して『茶友絶交論』や『茶道霧の海』を書いたり、利休の時代の茶道界に戻らなければ、新しい茶道の展開はあり得ないとして『源流茶話』を書いた茶人です。

竹心が元文五年（一七四〇）に営んだ利休百五十年忌の折に書かれた利休画像に賛をした歌がこの一首です。利休居士のわび茶の伝統が百五十年後の現在に至るも栄えている喜びと、利休時代への回帰を願う竹心の真情が吐露されています。

やぶのうちちくしん●一六七八―一七四五
茶道藪内家五代。竹心紹智。もとは儒者であったが藪内家に迎えられ、のち中興の祖と称された。

人の世は登れば下る行雲の　茶の湯ばかりや悔《くい》なかるらん

杉木普斎

杉木普斎の人柄をしのばせる逸話が『普公茶話《ふこうちゃわ》』の中に伝えられています。ある年のこと、普斎が伊賀街道の山里を通りかかると、古い家を大勢で壊しています。かたわらには年老いた夫婦が憂い顔をして見ているのであわれに思い、そのわけを尋ねました。すると年貢が滞ったために、家を取られているのだと言って、今日から雨露を凌ぐ場所もなく途方にくれておりますと言うと老夫婦は涙を流します。聞いた普斎は見捨てがたく、いかほどの年貢なのかを尋ねると「三両ほどです」とのこと。その古家の屋根裏に良い油竹があるのを見た普斎は、その中から三本だけを選んで従者に持たせ、かわりに三両を老夫婦に手渡して別れました。この竹はのちに茶杓となり友人に贈られたと伝えられます。

伊勢神宮の御師《おし》であった普斎は、檀所である播州網干《あぼし》への往来の途中に宗旦のもとを訪ねては茶の修行をし、伊賀越えをしながら伊勢へ戻っていったことが度々であったろうと考えられます。宗旦の門に入ったのは伝えによれば、十五歳の頃です。万治三年(一六五八)の三十一歳で宗旦の死に会い、この後は宗旦の子息宗守、宗左さらに宗室とも交遊を深くしていきました。

それほど裕福でもなかった普斎が所持していた釜に與次郎作の小雲龍があります。箱の外側四方に

雨上り水冷しいく筧《かけひ》かな
人の世ハ登れハくたる
行雲の茶のゆはかりや悔なかるらん
雲龍釜
金龍に換しとおもふこのかまハ
あした夕の老の手すさミ
雲龍釜
うむりやうかま
白雲深處　金龍躍　雲龍釜

と普斎が禅語と狂歌を大きく書き残しています。浮沈が当然の人生ではありますから後悔

することも多いのですが、茶道を嗜んで身すぎ世すぎをしている自分の選択に後悔はないし、茶会の趣向や取り合わせ、または一会の客組みなどを含めたすべてのことに悔いのない茶をしたいものだとの思いがこめられているのではないでしょうか。

すぎきふさい●一六二八―一七〇六
茶匠。十五歳で宗旦の門に入り高弟の一人となる。宗旦四天王の一人。伊勢の人。名は光敬、号は普斎・直入・宗喜・得失庵、自称勢州茶楽人・日本茶楽人。書物による伝授形式により利休正風の茶の湯の伝播に努め、『普斎書入茶道便蒙抄』『普伝茶書』などの著作に茶論を示した。

あすかなる心のおくや見えつらむ　ゆすり落くる庭の木のはに

高崎正風

明治政府が明治二十一年（一八八八）に設けた御歌所の初代所長に任ぜられた高崎正風は、もと薩摩藩士として国事に奔走し、勇猛を馳せた人物でありました。その一方、和歌を八田知紀《とものり》（一七九九―一八七三）に学んで歌人としても名を得ております。歌風は香川景樹《かがわかげき》（一七六八―一八四三）の桂園派の流れをくんで温雅流麗の歌を得意としましたので、心に迫る実感は乏しいとも言われます。「千利休」と詞書されたこの一首は、『たづがね集』に収録されております。

利休が、初めに学んでいた北向道陳《きたむきどうちん》の紹介によって武野紹鷗の門弟となったのは与四郎と名乗っていた十六歳の頃と言われます。紹鷗は入門したばかりの与四郎を露地へ連れていき、「掃除をしなさい」と命じます。与四郎が露地を見渡してみると、木の葉一枚、塵ひとつ落ちていません。掃除は実に行き届いております。しばらく躊躇していた与四郎は、つかつかと一本の木の下に立ち寄ると、突然幹をゆすりはじめます。数枚の木の葉がハラハラと散って辺りの苔の上や草の上に落ちていきました。やがて紹鷗のもとに戻って「掃除ができました」と報告します。

横山大観によって、「千与四郎」と題されて描かれたこの逸話はよく知られていたらしく、高崎正風の和歌もそれを詠じたものであります。日本人の美意識の一つである「不完全の美」を実践した与四郎は、古代から連綿と続いてきた日本の心を教えずして悟っていたというのでありましょう。十六歳の利休の非凡な才能に驚いた正風の感慨の一首と言ってよいのではないでしょうか。

たかさきまさかぜ●一八三六―一九一二
薩摩藩士。桂園派の歌人として名声を上げ、宮中御歌係となり、没年まで御歌所の主管として宮内庁に勤める。

茶の湯こそせぬ人もなき手すさびの　こゝろのするは世にもまれなり

千　道安

千道安がある人宛てに書いた、慶長六年（一六〇一）十月三日付の消息中で詠じた一首です。道安はこれに続けて、「右之心茶道の奥義にて御ざ候、御工夫可有候哉」と書いています。父親の利休によってわび草庵の茶が整えられ、茶の湯を知らなければ武将とはいえないというほどにまで流行するようになりました。そのこと自体は喜ばしいことですが、当世風の茶が道具趣味に陥っており、利休が説いてきた一汁三菜の仕立てから遠く離れていきつつあることに対する警鐘の一首ということが言えます。わび茶とは「こころ」を伝えるのが第一で、それが手すさびの中で行えるからこそ意味があると考えている道安の主張でしょう。

道安にはいま一首、わび茶の心を詠じた和歌が残されています。『石州三百ヶ条』の中で茶の湯に限らず、達人に就いて学ぶことの必要性を説いて、「茶湯は茶巧者の人に習てよきなり」と言っています。例として『伊勢物語』の、

海松布《みるめ》かるかたやいづこぞ棹さして我におしへよ海士の釣船

を引用して、石州の茶の心と同様の精神を表現したものだと言ったあと、「道安歌に」として、

おもひきや遊ひの道の茶の湯たに好《すか》でハ知らじ習なりとハ

の一首が書かれています。茶の湯を単なる遊びだと思っている人にとっては「習い」（何度も何度も稽古をくり返すこと）があるとは考えてもみないでしょうが、物事とは真実「好き」になってみないと本来の姿は見えてこないものだと教えているのです。

せんのどうあん●一五四六―一六〇七
千利休の息男。初名紹安、可休斎・眠翁と号す。利休没後は堺の家産を継ぎ、その地で活動した。

世をすてやまに入る人山にても　なほうきときはここにきてまし

徳川斉昭

水戸烈公景山斉昭が天下の名園「偕楽園」を造営したのは、天保十三年（一八四二）四十三歳の時でした。千波湖を望む台地には斉昭自らが指示して数千株に及ぶ梅の木を植え、一角に二百八坪もの数寄屋「好文亭」を建てていますが、その西北角に「対古軒」と茶室「何陋庵《かろうあん》」が付設されました。斉昭はこの壁に板額をうめ込み、漢文で「茶対」のほかに「茶説」と「巧詐不レ如二拙誠一」の三枚の板額を書いて茶道観を述べています。ちなみに梅の別名を中国では「好人木」と申しますので、そこから名付けられたものと考えられます。

一方「対古軒」と記した額の左右に分けて書かれていたのが、この和歌でありました。「茶説」によれば、儒教の「礼」を基にしているのが茶道であると述べ、「茶対」では茶は苦くて甘い、茶器は粗末で清潔であり、茶室は素朴であって閑静、露地は狭いとはいえ幽遠であり、茶会は睦まじい中にも礼を重んじ、何度催しても金品を多く費やすものではないと言って、「礼」を基本にするからこそ生じる和みや睦まじさの大切さを述べています。それに対して、一首の和歌はそれを超越した世界を説いているように感じられます。何に対しても心が晴れない状況にある人こそ茶道の世界に没入すれば、その憂いが一掃されますよという、斉昭の茶道観の最後の境地がこめられているのではないでしょうか。

とくがわなりあき●一八〇〇―六〇
水戸藩主。号は景山・潜竜閣。諡は烈公。弘道館を創設して文武を奨励し、藩政を改革、また幕政を補佐したが、井伊直弼と対立、永蟄居となる。

わが庵は来らぬ人も来る人も　親し疎しをいふこともなし

立花実山

かつて『南方録』と言えば利休居士の高弟南坊宗啓が聞き書きした聖典とまでされてきましたが、最近の研究では、元禄の頃立花実山によって書かれたものと言われるようになりました。『南方録』のすべてを実山が創作したのか、下地にした茶書があったのかについてはまだ確定できていませんが、今後の研究で明らかになっていくでしょう。

実山は黒田藩の家老として三代藩主光之に大変な寵愛をうけておりました。ところが光之の死後、その後継者争いに巻き込まれ、宝永五年（一七〇八）六月に捕えられて、嘉摩《かま》郡《ぐん》の鯰田村に流されてしまいます。その実山が幽閉中に書いた日記を『梵字艸《ぼんじそう》』といいます。幽閉後、半年余り過ぎた十一月十日、実山は藩主の命をうけた刺客によって五十四歳の生命を果ててしまいます。その死は撲殺とも刺殺とも言われて明確ではありません。

『梵字艸』は獄中日記とはいいながら、主として四百首に及ぼうとする漢詩と和歌で構成されています。実山の文学性には驚かされるほどですが、「続録」の一巻「喫去又録」

の第六は「愚草篇」と名付けられており、七十首の和歌から成っております。本篇は〈露地篇〉〈草庵篇〉〈交会篇〉〈器物篇〉の四篇に分かれ、全体が七十首ということになります。

たとえば「露地」については、

三界の火宅を出て白露のかゝる所に松風ぞふく

と詠じ、「草庵」として、

とめ得れば心の奥の草の庵を山深くとは何おもひけむ

と詠じています。この歌は「交会」と題する一首で、親疎の客、都鄙《とひ》の客が集まって、一座建立していく茶会のあり方を詠み込んだ道歌です。

たちばなじつざん●一六五五―一七〇八
武士。博多の人。黒田藩家老・立花平左衛門の次男。通称五郎左衛門。八歳で藩主光之に仕え、宝永四年（一七〇七）隠居出家し宗有と改める。翌年藩主綱政の忌諱に触れ配流、暗殺された。茶の湯をよくし、歌、書、画にも優れ、多くの茶書を著した。参禅の師は東牧。

降つもる雪にまよひて啼《なく》からす　夜が明けたかあ日が暮たかあ

渡辺又日庵

渡辺又日庵と言えば、尾張徳川家の老職を務める一方、数寄者としても知られています。私は井伊直弼に勝るとも劣らないほどの数寄振舞の武士だと思っています。それは、裏千家十一代玄々斎宗室とは十八歳違う次兄であったこととも大きく関わっていると思います。二人はともに三河国奥殿領主大給《おぎゅう》松平家の七代大隅守乗友（一七六〇―一八二四）の子として生まれ、生涯を通じて深く関わって生きてきたからです。又日庵は乗友の二男として生まれ、十一歳の時に叔父にあたる渡辺半蔵綱光の養嗣子となり、玄々斎は十歳の時に裏千家十代認得斎宗室の養嗣子となって、長女萬地子《まちこ》と結婚し、十一代当主となっていきます。又日庵は樂了入を招いて窯を築き、多くの手造りを楽しんだり、塗師中村家の七代と八代宗哲に好みの棗や香合をつくらせておりますが、その仲介の労をとったのは、すべて玄々斎であったと考えられます。

又日庵はまた本草学にも深く関心を寄せておりましたので、写生などに時間を費やしたことと思います。そのため画賛物などもたくさん残していますが、ここに掲げた一首は鳥画賛に記されたものです。雪景色の中に飛ぶ鳥を描いて、一首を賛していますが、鳥の鳴き声「かあ」を朝な夕なに詠み込んだ諧謔歌です。冬の朝茶事に招かれていく途中か正午の茶の帰り道に雪の中を鳴きながら飛んでいく鳥の情景が目に浮かぶような一首です。

わたなべゆうじつあん●一七九二―一八七一
三河国奥殿領主大給松平家に生まれる。玄々斎の兄。叔父渡辺半蔵綱光の養嗣子となり、三河国寺部の十代城主を継ぎ、半蔵規綱と称す。宗一・宗玄・竜艸・玄斎・一楽園・一楽軒・楽々軒・芝山荘主人の他、隠居して兵庫入道と号す。茶の湯・製陶をよくした。渡辺家は尾張徳川家の老職を務める。

寒熱の地獄に通ふ茶柄杓も　心なければ苦しみもなし

一休宗純

テレビの「一休さん」で馴染みの一休宗純のことをあれこれ書いていても仕方のないことですが、といって全く触れないわけにもまいりません。風狂で知られる一休は盲目の森《しん》侍者《じしゃ》との女犯《にょぼん》などで破戒僧としての一面を持つ一方、連歌師《れんがし》宗長や茶人珠光などの参禅の師としても知られています。特に珠光は一休より印可の証として圜悟《えんご》禅師の墨蹟を与えられ、『山上宗二記』によれば「仏法も茶湯の中にあり」の語によってわび草庵茶を創案したとも言われるほどです。

冒頭の一首を一休和尚が詠じたという証拠はありません。しかし全てを悟りきった禅僧でなければ言い得ない境地を詠み込んでいるのも間違いのない事実です。心頭を滅却した一休なればこその一首と言ってもよいのではないでしょうか。この歌は『茶話真向翁《ちゃわまむきのおきな》』に「一休和尚柄杓の歌」として載せられています。

同じく、一休和尚の歌として「尺八」を詠じた一首が伝わっております。それは、利休作の竹「尺八」花入の添状として伝わっている大徳寺龍光院《りょうこういん》の開山江月宗玩《こうげつそうがん》の消息です。
それによれば、

尺八はただ一ふしとおもひしに幾世の老の友となるらん

とあって「一休老禅之号」と書いています。室町時代中期に南中国から伝来した一尺一寸一分の尺八は、歌口よりに節が一個ある一節切《ひとよぎり》が正式な切り方だったとされているので、花入も同様にすることを目指して利休が切ったということになるのでしょう。利休尺八花入は確かに一節切になっているからです。

いっきゅうそうじゅん●一三九三―一四八一
臨済宗大徳寺派の僧。真珠庵・酬恩庵（京田辺市薪・一休寺）の開山。狂雲子と号す。後小松天皇の落胤と伝えられ、幼くして出家、華叟宗曇に参じて嗣法した。名利を厭って市井にあり、在家的・人間的な禅風を挙揚した。詩歌芸能の愛好や能書・巧画から遺品が多い。『狂雲集』正続二巻、『自戒集』が有名。

今更に思ひすてむもくるしくて　うきにまかせて世を過すなり

沢庵宗彭

京都の臨済宗寺院には、寺の特徴をとらえて名付けられた「禅面《ぜんづら》」という愛称があります。ふつうそれは建仁寺の「学問づら」、東福寺の「伽藍《がらん》づら」、相国寺の「声明《しょうみょう》づら」、大徳寺の「茶づら」、妙心寺の「そろばんづら」などと呼ばれています。栄西が飲茶法を伝えた建仁寺ではなく、大徳寺が「茶づら」と言われるところがいかにも面白いのですが、それは利休や宗旦をはじめ、歴代宗匠方が参禅されたことから来ているとも言えます。しかし、その愛称を得るようになった大もとは、沢庵和尚ではなかったでしょうか。

沢庵和尚の墨蹟が茶席に掛けられた最初は、元和七年（一六二一）三月十二日の倉鹿野五左衛門が催した茶会（『松屋会記』）だと考えていますが、それ以後は次第に沢庵の文字が茶席の床を荘《かざ》るようになります。生きて活躍している時期から、これほどまでに望んでかけられる禅僧は他にはいないのではないでしょうか。しかも紫衣事件によって出羽国上山に流謫されている時期においてさえ、その人気は一向に衰える様子はありませんでした。

その後、赦免された沢庵は寛永九年（一六三二）に江戸へ戻りますが、京都に帰ることは許されませんでした。やがて許しが出て上洛したのは同十一年七月のことです。上山においても風流生活を楽しんでいたらしい沢庵は、上洛すると間もなく大徳寺聚光院《じゅこういん》において、度々の茶会を催しては懐かしい人々を招いていたようです。その中に、かつて春屋宗園のもとで修行していた時の同門宗旦の姿があったことも疑う余地はありません。

ところで、沢庵和尚には茶器の名を和歌に詠み込んだ『沢庵和尚茶器詠歌集』なる本があります。この本は大変人気があったらしく、万治二年（一六五九）には出版されています。和歌に詠まれた茶器とは、いるり、ことく、ふろ、たいす、ひはし、ふくろたな、ちやはむ、てんもく、みつこほしなどの二十五種です。たとえば「なつめ」として、

乙女子よ雪間もとめてわかなつめともしかくせは老やしぬらむ

とあり、「ひはし」として、

いりあひの鐘の外なる雲間よりゆふひはしはしさし残つつ

という一首があります。「物名歌」と言われる詠歌法の和歌ですが、「いるり」の一首などはさすが、禅僧としての面目躍如ということができます。それは、

すみの陰きたと南のそのさかいいるりのいろなるえふのそらかな

須弥山《しゆみせん》のかけ也、須弥をハすみとよみ申候、えふハ閻浮にて候、須弥の南ハ瑠璃《るり》の色なるによりて閻浮国の空ハ須弥のかけうつりみとりなるといへり

というものです。表記の一首は、

てんもく
今更に思ひすてゝむもくるしくてうきにまかせて世を過すなり

というもので、「天目」を詠み込んだ一首です。

たくあんそうほう●一五七三―一六四五
大徳寺第一五三世住持。但馬国出石の人。春屋宗園、一凍紹滴に参じて一凍の法を嗣ぐ。大徳寺伽藍の復興に努めた。堺に祥雲寺、品川に東海寺を開創。和歌を細川幽斎、茶の湯を小堀遠州に学び、千宗旦、近衛信尹、烏丸光広、柳生宗矩らと交友した。

無二無三無一物なる一物は　削し竹の節やゆかしき

仙叟宗室

宗旦の末子として生まれた仙叟宗室が、利休居士百年忌を直系の子孫として主催したのは七十歳に近い元禄三年（一六九〇）のことでありました。三十歳の頃に加賀百万石の大守利常の茶道茶具奉行として出仕した仙叟は、何度も致仕願いを出しましたが、前田家がなかなか許可を出してくれなかったようで、それほどまでに重用されていたと考えることができるのではないでしょうか。

仙叟に致仕のお許しが出なかったかわりに京都と金沢の間を往復するのは自由であったらしく、その間に仙叟は多くの画賛を残しました。たとえば、

　蛸画賛

扨ヤクシ《（薬師）》ミカケ写てマイ《（参）》ラスル夫《それ》ハ塩たこ是《これ》ハなま蛸

であるとか、

　雪中家屋画賛

降つもる雪のゆふへハ入相《いりあい》のかねより外《ほか》にをとつれもなし

などの画賛は加賀で詠じたものではないでしょうか。一方、墨絵で描かれた花弁の部分にだけ薄く紅をさした椿花に対して、仙叟は、

画ケトハ思モヨラヌ花所望《はなしょもう》椿モトモニ顔ヲアカメテ

と賛した一幅も残しております。茶会での花所望と絵を依頼された所望とを懸詞にして、稚拙な画を描く自分も顔を赤めておりますという諧謔歌です。また海老画賛の一幅に詠まれた、

いかばかり海老をとり喰ふむくいあらばつゐには老の腰やかがまむ

の一首も、茶会の材料などに海老を沢山使ってきた報いで私の腰も曲がってきたことであるよという狂歌ですが、元禄時代を迎えて俳諧が盛んになってきた風潮の中で、仙叟は和歌を好んで詠じたように思えます。少なくとも発句は一度も拝見したことがありません。

冒頭の和歌は自作の竹茶杓に認められた一首です。初句の「無二無三」とは他にないということですから、「本来無一物」の意でしょう。「自由自在の心で削った竹茶杓ですが、本来の竹の姿を知りたいものだ」と言って、つい枝葉末節を見てしまいがちな人間に本来の姿を探すことの大切さを教えているのでしょう。

せんそうそうしつ●一六二二―九七

裏千家四代。宗旦の末子。初め野間玄琢について医学を修め玄室と称したが、玄琢の死後宗旦のもとに戻り茶道に専念、加賀藩主前田利常に茶道茶具奉行として仕えた。金沢に大樋長左衛門を伴い、大樋焼の窯を築かせ、当地の鋳物師宮﨑寒雉に茶湯釜を造らせた。退任後帰洛、利休堂を建て利休百回忌を営む。好み道具多数を残す。

ときわかぬ春の雪のみのこれども　けさの煙はそらにきえつつ

藤原長綱

藤原長綱といっても存じ寄りの方はいないことと思います。と言いますのは『長綱集』という歌集を残しているだけで、生没年も不明の公家だからです。父親は文永六年（一二六九）に五十三歳で没した薬師寺出羽守小山長村ということはわかっていますので、鎌倉時代中期の公家ということになります。鎌倉時代初頭に将来された宋代の茶法は定着し、茶樹の栽培も拡大して、この頃には相模国鎌倉の金沢貞顕《かねさわさだあき》の領内でも茶の栽培が行われていたことを「金沢文庫古文書」などによって知ることができます。

この和歌は『長綱集』の中に収められた一首で、

午後煎茶

ときわかぬ春の雪のみのこれどもけさの煙はそらにきえつつ　茶一名春雪云云

とあります。午後になって「茶を煎ず」と詞書されておりますので、平安時代以来の茶法である釜に抹茶を投じ、茶盞に汲み分ける「煎茶」法で飲んでいることがわかります。

一首は、時はずれの雪が降って消え残っている中で、茶を煎じる煙が立ち上っている様子を詠じたものであります。消え残った「春の雪」と同様の語「春雪」が茶の雅名として鎌倉時代の中頃には一部の人々によって称されていたことがわかります。

ふじわらのながつな●生没年不詳
公家。歌人。薬師寺出羽守小山長村の子。歌集『長綱集』を残す（『新編国歌大観　第七巻　私家集編Ⅲ』所収）。祖父の没年から鎌倉時代中期に活躍したことが推測されるが、詳細は不明。

山里も野辺も錦を取りまぜて　おもひの月をまつ宵の空

久保権大夫

久保権大夫が、宇治在住の茶人宗三なる人物の茶会に招かれ、興趣深い思いにひたってきたけれども、同行するはずであった道六老の出席がなかったことを残念に思った気持ちを詠じた一首です。山里も野辺も貴老のおいでを待っていましたよというほどの意でしょう。これは権大夫が道六老人へ書き送った消息に詠み込まれた一首です。道六老人とは奈良子守社在住の小森道六のことで、利休居士とも交わったとされる茶人です。一文は、

此比者打さし御申候　拙老も昨夜宇治より帰り申候　宗三との茶会殊外の面白さわすれかたく候　返々も貴老御出なく残念ニ存候　其夜月もさへ出れば利老よしこよひいな葉の風のそよくともふせやに月を見てや明さん

愚老

山里も野辺もにしきをとりませておもひの月をまつ宵の空

御一笑〱　夕方より御出まつ事ニ候　釜かけ置候　くれ〱も早々　かしく

尚々貴老御出なく宗三とのも残念かられ候

十八日　　　　　　久保権大夫

道六老人　　貴報

というものです。道六老人に対しては夕刻から釜を懸けていますからお出で下さいという茶会の案内状でもあります。

権大夫は『長闇堂記《ちょうあんどうき》』の著者として知られ、小堀遠州や松花堂昭乗、佐川田喜六などと交遊したことでも有名です。権大夫は若い頃に秀吉の北野大茶湯に出席できたことが茶人としての誇りであり、その日に丿貫《へちかん》が行った大きな朱傘を立てた席を見て秀吉が賞したことなどを書いた『長闇堂記』は、江戸時代初期の茶書として重要な本と言えます。

くぼごんだゆう●一五七一―一六四〇

茶人。奈良の人。名は利世。春日神社神官の家に生まれ、袋縫いを業とした。千利休の弟子本住坊宗和に茶を学んだ。遠州から「長闇」の二字を与えられ、号とした。

濁りしと世は遁《のが》れねど谷水に　茶を烹て心すますばかりぞ

上田秋成

『雨月物語』の作者として知られる上田秋成は、また煎茶道の振興をはかって寛政六年（一七九四）に『清風瑣言《せいふうさげん》』を出版しました。その出版の第一の目的はもちろん煎茶の普及ですが、内容的には道具趣味に陥っている抹茶道をするどく批判し、宋代以来の『水品《すいぼん》』などによる煎茶の正当を述べることによって『梅山種茶譜略』や『青湾茶話』以来唱えつづけてきた煎茶の地位を決定的なものにいたしました。秋成が小説のみならず国学や和歌・俳句の世界にも通じた博覧強記ぶりを発揮したのは、木村兼葭堂《けんかどう》（一七三六―一八〇二）や村瀬栲亭《こうてい》（一七四四―一八一八）らとの交友の中から生まれたものと言えます。

秋成の茶歌は「煎て飲む」という語が多いので、烹茶《ほうちゃ》または煎茶中心であったことがわかります。この一首は、汚れた世をのがれるすべはないけれども、谷の水を汲んで茶を烹《に》て飲むことが、唯一清浄を感じることのできる方法であるといったものです。そのほか、

暁にいつも汲む水沸《たぎ》らせて煎る茶をけさは春の初花

酔ふといへば同じ乱をすゝる茶にしばしも心すみてあらばや
あめなづな譬へしや何辛き世を忍ぶは苦き茶にあらしとふ
などの茶を詠んだ歌が残されています。

うえだあきなり●一七三四―一八〇九
国学者。大坂の商家の養子となり、俳諧、煎茶を嗜み、国学に志した。本名東作、号は無腸・剪枝畸人・鶉硒舎。著作は『雨月物語』『清風瑣言』など多数。

残るこそ猶も別義に花があれ　うちある人はちや〳〵とよばれず

里村紹巴

里村紹巴と言えば古今伝授を受けた桃山時代を代表する連歌師として知られていますが、紹巴の名を一層有名にしたのは『信長公記』に書かれた西坊における連歌興行の話でしょう。細川幽斎、明智光秀らと催した連歌会での光秀の付句《つけく》が「ときは今あめが下《した》知る五月哉《さつきかな》」でした。連歌の師匠であった紹巴は光秀の付句の意図がどうしてもわかりません。ところが数日後になって光秀が信長を本能寺に討ったという噂を耳にした時に、初めて付句の意味を理解したということです。

紹巴は茶人とのつき合いも深く、自らも度々茶会を開いていたのではないでしょうか。特に津田宗及と昵懇であったようです。例えば『天王寺屋会記』の永禄十二年（一五六九）九月二十四日朝の会には宗及の茶会に招かれていますし、元亀二年（一五七一）二月晦日には、

終日、於紹巴振舞　宗及　道設　宗二

一風呂興行

昼　詠哥之大概之ダンギ《(談義)》セラレ候、

と書かれております。紹巴の屋敷において風呂に入ったあと酒宴が行われ、定家の『詠歌大概』の講義があったということです。草庵茶の茶会とは言えないかもしれませんが、その風流ぶりは十分窺われるようです。

また同じ『天王寺屋会記』の天正九年（一五八一）四月十二日の朝、細川三斎の招待を受けた宗及は次のように記しております。

一御人数　惟任日向守《これとうひゅうがのかみ》殿父子三人

長岡兵部太夫《ひょうぶだゆう》殿父子三人

紹巴　宗及　宗二　道是

本膳七ツ、二膳五ツ、三膳五ツ、四膳三ツ、五膳三ツ、引物二色　以上七ノ膳也、菓子むすび花にてかざり十一種也、

会は幽斎の居城福知山城下で行われ、光秀の父子三人、幽斎の父子三人に紹巴、山上宗二、宗及らでありました。七五三の本膳が出されたあと、天橋立の見物に出かけたところ急に夕立が降ってきたので、幽斎が「夕立のけふハはハや《(刃早)》き切戸哉」の発句を詠みます。続いて、

一紹巴ト、日向殿ト、太夫殿ト連歌アリ、九世戸之松ニなへ松といふ松也、就其ノ発
句アリ、
う《(植)》ふるてふ松ハ千年のさなえ《(早苗)》哉　光秀
夏山うつす水の見なかミ《(水上)》　藤孝
夕立のあとさりげなき月見へて　紹巴

というように幽斎、光秀、紹巴は度々連歌を楽しんでいたことがわかります。

ところで、関竹泉（竺僊）の『茶話真向翁《ちゃわまむきのおきな》』によれば、紹巴がある茶人の口切茶に招かれたことを幽斎に語ったところ、一首の歌を与えられました。そのことを、

臨江斎紹巴、何がしの亭へ茶にまねかれしよし、幽斎翁へ申されけれバ取あへず
はなかある人をば御茶によバるれどこちや又跡にのこる壺底
とありければ、紹巴かへし
残るこそ猶も別義《べちぎ》に花があれうちある人ハちや〳〵とよバれず

とあります。花の下連歌の流れをくむ紹巴を茶会に招いたのはよいけれど、茶壺の底には古茶だけが残るのではないですか、という幽斎の一首に対し、紹巴が応えたのが冒頭の一首です。残された茶葉こそ濃茶の「別儀」という銘がつけられるほどに良い茶になるのです。

茶壺のままでうっちゃっておいたのでは皆に良い茶だといって喜ばれたりしないでしょうからという返歌で応じているのでしょう。冒頭の一首は『源流茶話』では、

のこるとてなをも別儀にはなかあれうらある人ハちや〳〵とよはれす

となっています。「ら」と「ち」は最も読み違いやすい字ですが、どちらがよいかは専門の方にご教示いただきたく存じます。

さとむらじょうは● 一五二四—一六〇二

連歌師。奈良の人。連歌師周桂の門人となったが、周桂没後里村昌休の門に転じ、昌休の死に際して家督とともに後事を託され、里村姓を名乗る。臨江斎・宝珠庵・半醒子と号す。近衛稙家から古今伝授を受け、多くの連歌秘伝書を書写。織田信長・細川幽斎らに知遇され、津田宗及と親交し、また明智光秀の愛宕百韻に参加した。

身のうち茶のみつゝ忍ぶ事とては　それより後の昔語りぞ

後西天皇

後西天皇には弟君にあたる一乗院宮真敬法親王の手になる二十八会に及ぶ茶会記録が残されており、自身でも茶の湯を楽しんでおられたことを知ることができます。この茶会に招かれた客は全会に招かれている親王を除くと、常修院宮が十五会、近衛基熙・家熙が各五会ずつ招かれております。家熙は十代半ばにあたります。この一首の中には「美濃」産、「宇治」産の「後昔《のちむかし》」の茶を飲みながら昔語りを楽しんでいることを教えてくれる語が使われています。茶の湯好きの面目躍如ということができます。

この歌の書かれた一幅は『槐記』の享保十一年（一七二六）十一月四日の近衛家熙茶会に使われていますので、家熙が天皇から拝領したことがわかります。招かれた山科道安はこの掛物を見て、

後西院宸翰、例令バ切紙ノ幅ニテ、傍ヘ寄セテ御歌アリ、末ニライ紙大分アリ

身のうち茶のみつゝしのふ事とてはそれより後の昔語りそ

御表具　一文字菱ニ小菊ノ金襴紫地　中白地ニ色々ノ縫紗、上下白地純子

と書いています。現在は陽明文庫に所蔵されていますが、家熙表具と言われ、派手派手しい好みの仕立になっています。天皇の御製となる珍しい狂歌ということができるでしょう。家熙はまた、自分の茶会に度々後西院勅作の茶杓を使っています。現在残されている「茶杓箪笥」には後西院の勅作三本をはじめ、武野紹鷗・利休・金森宗和・古田織部《おりべ》・織田有《う》楽《らく》など十三人の作がありますので、家熙茶会に使われた茶杓はこの中のいずれかであったと言えます。

ごさいてんのう●一六三七―八五
第一一一代天皇。後水尾天皇第七皇子。名は良仁。歌道・茶の湯を好み、御製集『水日集』（または『緑洞集』）があり、『伊勢物語註』などの御撰もある。自作の茶杓、花入などの茶道具の他、宸翰も多く伝存している。

埋火の夜のねさめも打ちとけて　うめが香寒きまどの灯火

近衛忠熙

裏千家十一代玄々斎宗室が親交を持った堂上《とうしょう》貴顕《きけん》の第一と言えば、近衛忠熙公と九条尚忠公、鷹司政通公ではなかったでしょうか。いずれも五摂家の筆頭として関白にまで上りつめています。特に尚忠公からは、玄々斎が五十歳になった年に「精中」の道号をいただいています。しかし、玄々斎の若い頃にあっては、近衛公に最も近侍していたようです。

玄々斎が裏千家十一代当主となったのは、養父認得斎が没した文政九年（一八二六）直後の十七歳の時です。当主となったあと、玄々斎にとって最初にしてかつ最大の行事は天保十一年（一八四〇）の利休居士二百五十回忌の法要と茶事でありました。そのために玄々斎は裏千家の様相を一変させるような普請を行い、前年の九月八日を初会とする八十数会に及ぶ茶事をはじめました。その初会にお招きしたのが内大臣時代の忠熙公でした。当日は、咄々斎《とつとつさい》を本席にして近衛応山公の消息を掛け、床前を貴人座とするために毛氈を二枚敷き、五摂家の筆頭を迎えるにふさわしい室礼をするなど、裏千家中を挙げてのもてなしとなっております。忠熙公はその後、宗旦二百回忌の茶事などもお出になられているので、長く親交が続いていることがわかります。

ところで、忠熙公は幕末維新期に公武合体の推進を図るなど、公家側の代表として活躍しました。その一方、最大の教養人として多くの詠歌をはじめ、茶道・煎茶道・華道などにも親しんでおります。小川流煎茶の法を興した小川可進（一七八一―一八五五）の茶室「後楽堂」の扁額は、忠熙公が揮毫《きごう》したものです。また、この茶室に残された一首が冒頭の和歌です。忠熙公は冬の暁に可進のもとへ招かれて、楽しい一時を持つことができたお礼にこの一首を題したのではないでしょうか。

このえただひろ●一八〇八―九八
幕末維新期の公卿。尊攘派を指示して内覧の宣旨を受け、朝廷の中心人物となる。安政の大獄により落飾後、復飾して関白、国事掛となる。辞任後は、和歌、能、謡曲、生花などを愛して余生を送った。

我ものとおもはでやすき心から　すむ世はいつも今日のいほかな

日野資枝

江戸時代中頃の千家中興期にあたる延享三年（一七四六）に生まれた裏千家九代不見斎《ふけんさい》石翁《せきおう》が生涯の和歌の師としたのは従一位権大納言日野資枝《すけき》卿でした。

内大臣烏丸光栄《からすまるみつひで》の子として生まれ、日野資時《ひのすけとき》の養子となった資枝は、賀茂社奉行、賀茂伝奏などのあと従一位まで上り、享和元年（一八〇一）に六十五歳で逝去しました。江戸時代初期を代表する歌人烏丸光広卿も日野家の分家にあたることから、資枝卿は皇漢の学を修めるばかりでなく、歌学にも長じた歌壇の泰斗でありました。その理由を考えてみると、父の光栄は「今人麿」とまで言われて光広卿以来の歌の達人として知られており、異母兄の裏松光世《うらまつみつよ》も歌学に長じていますので、和歌を学ぶ環境は整いすぎるほどに整っていたからだと言えるでしょう。資枝卿も当代一の歌人として知られる一方、国学を塙保己《はなわほき》一《いち》、垂加神道《すいかしんとう》を竹内式部に学んで歌学の資《たす》けとしております。

多忙な日々を過ごす不見斎にとって、唯一の楽しみと言えば資枝卿のもとで和歌を学び詠ずることではなかったでしょうか。卿もまた不見斎の出入りを親しく許していたらしく、「依千玄室所望」と題して詠まれた一首が「今日庵を」と題された冒頭の和歌であります。一首は、自分の思い通りに行く世の中だとは思わずに、生かされている毎日を感謝しつつ生きることをすすめた内容です。資枝卿による「今日庵を」と題した和歌幅は現在でも五幅ほど伝えられていますから、よほど気に入ったものとみえ、いろいろな人から頼まれるたびに揮毫したものと考えられます。

ひのすけき●一七三七—一八〇一
歌人、公卿。六歳で叙爵、十歳で元服、従五位上に叙し、以来累進して権大納言一位に上がる。

さいはての地にはつるとも我がつまの　こゑは庵の松風にきく

千嘉代子

清香妙嘉大姉（嘉代子刀自）の命日は奇しくも夫無限斎碩叟《せきそう》宗室居士の十七回忌の当日にあたっており、その夫唱婦随ぶりは想像するだにほほえましく感じられます。兜門から出棺されようとした時の情景は今でも私の脳裏に焼きついております。と言いますのは兜門を出たところで、急に二匹の紋黄蝶がひらひらと茶道会館の方向から飛んできて、お互いにからみあいながら飛びまわったあとでどこかへ去って行ったのは、多くの人たちが目のあたりにしたはずです。不思議と言えばこれほど不思議な光景を見たことはありません。

明治三十年（一八九七）、仙台藩の老職であった伊藤家に生をうけた嘉代子嬢が無限斎と結婚されたのは大正五年（一九一六）の二十歳の時でありました。遠隔地の仙台からの嫁入りは、当時としては大変なことだったと思いますが、それ以後のご夫妻の仲むつまじさについてはよく知られたところであります。

昭和三十九年（一九六四）の九月は、裏千家の宗家一門に衝撃が走った月でありました。

北海道に出張中の無限斎宗匠が同月七日、阿寒湖畔の宿で急逝されたからであります。あの慈悲深い笑顔は二度と戻ることがない、その悲しみの深さの中で詠まれたのがこの一首であり、これ以上の説明を加える必要はないでしょう。

せんかよこ●一八九七―一九八〇
仙台藩家老であった伊藤家に生まれる。二十歳の時、裏千家若宗匠玄句斎宗叔（のち十四代宗室、無限斎）に嫁ぎ二女三男をもうけ、その薫育と同時に裏千家興隆への内助を発揮した。書、和歌、俳句、日本画などに堪能で、無限斎との合筆も多い。また、ソロプチミスト日本財団の設立に尽力、初代理事長に就任して社会奉仕の精神を広めた。

大福に今日振建る青茶筌　七珍万宝家に満々

不見斎玄室

不見斎の時代は、八代将軍吉宗による士風の振興と道徳の奨励によって奢侈の気風をおさえるという倹約を旨とする法令から始まったと言えます。しかしその一方で、体制に対する反抗が次第に培われていったことも見過ごすことはできません。

不見斎は一燈《いっとう》二十八歳の延享三年（一七四六）に誕生しました。家元制度が整えられる時代にあたりますが、不見斎は幼年期から将来家元となるべき教育がなされ、十歳余りの時には利休居士や宗旦居士の遠忌の花を入れるほどに上達していましたが、十五歳の宝暦十年（一七六〇）十一月には百々《どど》御所宝鏡寺門跡の依頼によって、御所で初茶事を催しています。こうした活動をしている不見斎を見てきた父一燈は安心して新しい裏千家の方向を図っていったことでしょう。

しかし、不見斎が数え年二十六歳を迎えた明和八年（一七七一）二月、父一燈の死という別離の悲しみを味わいました。母志那をこれに先立つ七年前に亡くしていた玄室（不見斎）は、それ以後一人で裏千家を守っていかなければなりませんでした。とはいえ、父一燈が播いた種子は、玄室の努力を着実に扶《たす》けていきました。両脇を支えてくれる門弟たちが多く育っていたからです。速水宗達《はやみそうたつ》や狩野宗朴《かのうそうぼく》がその代表です。

裏千家茶道を弘く普及していくことに努めた不見斎は、自分の教養を高めるために多くの文化人との交友を図ります。歌を日野資枝卿（一七三七―一八〇一）について習うかたわら、連歌師の里村昌逸《さとむらしょういつ》とも親交を持っていました。そればかりでなく、幕府の絵所預《えどころあずかり》であった土佐光貞（一七三八―一八〇六）との交流も深いものがあったと考えられます。光貞は土佐光芳の次男に生まれて分家し、宝暦四年（一七五四）には絵所預となり、同年十二月に従四位に叙されて土佐守に任ぜられています。この歌は光貞が宝船を描き、不見斎が賛を加えた一幅に記されています。その横には、「出すも入るも益あり利あり宝船」の発句も書かれています。

不見斎の時代は天明の大飢饉が続き、京都では大火がおきるなど大変な時期にあたりますが、茶道界は比較的安定していたと考えられます。こういう時代だからこそ庶民は大きな夢が叶うことを希んでいたのではないでしょうか。不見斎宗匠は、堂上の方々や武家町人を招いて催す新年の初茶会にこの一幅を掛けて、新しい一年間の夢を与えたいと願ったのではないでしょうか。

ふけんさいげんしつ●一七四六―一八〇一
裏千家八代又玄斎一燈宗室の長男。幼名粂三郎、のち玄室。不見斎・石翁・寒翁と号した。二十六歳で裏千家九代を継承。天明年間の京都大火で被災したが、今日庵・又隠などの茶室を修復、再建して、利休二百回忌追善茶会を営んだ。自筆・自作の道具のほか、香合・懐石道具一式などの好み道具を残している。

鷹が峰光悦翁がなかりせば　俗で無趣味な丹波街道

大倉喜八郎

喜八郎は近代の数寄者として知られておりますが、この歌は大正十四年（一九二五）十一月十二、十三両日の光悦会の折に詠まれたものです。時に喜八郎は八十九歳の老骨です。高橋箒庵が八田円斎をつれて光悦寺へ出かけたところ、光悦の画像の前に端坐していた喜八郎が箒庵に渡した一首がこの和歌です。箒庵は、

翁の狂体としては余り上出来の方ではないが、仰せは御尤《ごもっと》もと云はざるを得ぬ

と書いております。今と違って大正末の洛北玄琢周辺と言えば、周囲は畑地ばかりの本当の田舎道であったでしょう。東京から久し振りに訪れた喜八郎の酔狂の一首と言えます。

おおくらきはちろう●一八三七―一九二八
実業家。越後新発田の生まれ。幕末維新期、大倉組を創始して大倉財閥の基礎を確立し、また大倉商業学校（現・東京経済大学）を創立。大正六年、大倉集古館を創設した。

花入を坐敷の隅にはすのけて　置くしら露の玉の朝数寄

松平不昧

松平不昧が豆腐に自画像を施した掛物を目にされた方は多いと思います。そこには、

　世の中は豆で四角で和らかで豆腐のようにあきられもせず

の一首が詠まれていたはずです。不昧が松江藩を継いだ当初は藩の経済は破綻寸前であったと言われます。そのため若い頃の不昧は『茶礎』や『贅言《むだごと》』を書いて贅沢の部に属する茶器収集どころか茶の湯に近づくことも慎んでおりました。その頃の不昧自身の人生訓が豆腐画賛となって表現されたのではないでしょうか。

こうした不昧にも朝日丹波（一七〇五―八三）という有能な家老が就き、藩財政の修復に伴って本来好きだった茶の湯への興味がわき上がり、『雲州蔵帳《うんしゆうくらちよう》』に見られるような名物蒐集家へと変身することになります。

蒐集した名器を使った江戸大崎別邸での茶会の様子は、残された会記を読みながら想像をたくましくするしかありませんが、こうした時期の心情を表した一首が残されています。

茶をのみて道具求めてそばを喰い庭をつくりて月花を見ん
その外望なし大笑――

大藩である姫路の酒井宗雅に父・兄と慕われている不味の得意満面の気分がそのまま直截的に表現された一首と言えるでしょう。

とはいえ、定家を慕い、遠州の茶を追慕する不味の「きれいさび」た茶の一面を知ることができる一首が表記の和歌です。「坐敷に蓮を手桶にいけるほどに」と詞書にありますから、手桶を広座敷に置いて、それに蓮の花をいけて朝茶事を催している不味の姿が彷彿といたします。

まつだいらふまい●一七五一―一八一八
大名茶人。出雲松江の七代藩主。名は治郷。幼児期より茶道、仏道を学び、名物茶器を蒐集した。名物茶器の研究を行い『古今名物類聚』を編集、茶書も多数著した。また工芸ほか諸伎芸を指導した。

文字摺を愁ふのみなり我すきの　道のおくぎを人にもらすな

青木宗鳳

江戸時代にあって茶の古典を渉猟し、その研究に生涯を費やした茶人の双璧を挙げるならば、茶博士と称された速水宗達と青木宗鳳をおいてほかにはないでしょう。宗達は多くの著述を出版するために古典を蒐集して研究していったのに対し、宗鳳は茶道精進の一つとして一四九冊に及ぶ「浪華文庫」という茶書を書き残しているのですから、その研究に対する努力には頭が下がります。「浪華文庫」とは宗鳳の汗の結晶が詰め込まれた五棹の木箱です。

宗鳳は自らの茶系を津田宗及から息子の江月宗玩、小堀遠州へと伝わってきた六世の孫だと自称しています。残されている宗鳳の寿像は狩野派の画家田中探泉斎の手によるものですが、そこに自賛して、

命あるうちは浄土へやりもせでなきを見かけて仏にぞする
津田宗及六世之台子　紫雪花凡鳥

と書いています。これには漢文の詞書がされていて「此ノ気既ニ尽クル日　茶道成就ノ時」とありますので、冒頭の一首を書き入れた「浪華文庫」の五棹の茶書を収めた日の記念として寿像を描いてもらい、画賛を加えたものと考えられます。歌意は古文献が書かれた当時は、誰も大切にしないが散佚しそうになると大切にするものであるよということを仏になぞらえて説いています。また、坐像の後方には木箱が描かれ、その箱の蓋表に表記の一首が詠まれています。そこには「禁刊行」とも書かれていますから、自分が学んできた茶道の奥儀は出版したりして公表すべきものではなく秘すべきものだと言っているのです。しかし、元伯宗旦が詠んだ「茶の湯とは心に伝え目に伝え耳に伝えて一筆もなし」という不立文字の禅の精神ではなく、沢山の茶の古典を研究した結果は児孫にだけは残しておくから、秘本として大切にしなさいという意図があるのでしょう。

あおきそうほう●一六九〇—一七六五
茶匠。遠州流の山田宗有に師事。号は、凡鳥、紫雲庵、一統子、水満。『古今茶語』などを著す。

とこやみの夜も明かたのともし火に　ほのぐみゆる花の御茶の香

四条弁殿

片桐石州の家老藤林宗源が著した『和泉草《いずみぐさ》』に紹鷗二畳台目の話が載っていますが、その信憑性については疑問があります。なぜなら武野紹鷗の時代にはまだ二畳台目は存在しなかったからです。さて紹鷗が二畳台目の座敷へ四条弁殿を招待した時のことです。客は六人であったため、坐の内が詰まりすぎてゆったりとした食事も出せませんし、茶も飲めません。そこで紹鷗が弁殿に対して、床の上へお坐り下さいと言われ、仕方なく床の上へ上がってこの一首を詠じたというものです。初句の「とこやみ」は床の上の陰影と常闇《とこやみ》の懸詞。時間は暁の茶から朝茶へと移り変わる頃です。谷崎潤一郎が『陰翳礼讃《いんえいらいさん》』で床の内の陰影について「床の間は大概昼も薄暗いので、図柄などは見分けられない」と書いていますが、床の間とは本来そうしたものでした。第二次世界大戦後はアメリカ文化の影響で「夜も昼の如く」にあることを求めたため、日本人が本来大切にしてきたヤミの文化が衰えてしまいましたが、床だけは今後に残しておきたい「闇」の空間です。

室町時代の会所の時代は「押板《おしいた》」と「床」は明確に区別されていて、その研究については太田博太郎氏の『床の間——日本住宅の象徴』や中村利則氏の『京の町家』などの書があります。素人の私が考えるには、「押板」と「床」があると草庵茶室にはなり得ません。そこでどちらを残すかとなった時に、わび数寄者たちは押板を捨てて床を残したものに違いありません。なぜなら床はあくまでも床机《しょうぎ》であり、茶器は押板に荘っておりました。そのため草庵茶室が成立して、床に茶器を荘るようになると、押板と同様になる薄板を置いたのです。初期茶道の時代にあっては、初座《しょざ》掛物、後座《ござ》花入という規則はなく、『松屋会記』や『天王寺屋会記』によれば素床《すどこ》の場合も少なくありません。素床の場合には正客が床の上に上がることは度々あったに違いありません。弁殿は短檠《たんけい》の灯りも及ばない常闇の床の中で、香ってくるのは茶の香だけであるよ、と諧謔歌として詠じたものです。

しじょうべんどの●生没年不詳
藤原北家の一つ四条家の人か。

窓遠き雲のした庵《いお》しづかなる　こころやいつも雪の山住

冷泉為村

一首は、裏千家十代認得斎作の「歌中次《うたなかつぎ》」に認められた和歌です。認得斎は箱書の蓋裏に「前庭余木　冷泉為村卿御詠認」と書いています。中次本体の蓋表には、認得斎自身が朱漆で「寒雲」と書いていますので、歌中次ということができると思います。先代の不見斎は日野資枝卿に歌を学んでいますので、認得斎も若い頃は資枝卿に学んでいたでしょうが、師父はともに享和元年（一八〇一）に没しています。ところが、父祖にあたる不見斎石翁と又玄斎一燈は、資枝卿に学ぶ前には冷泉為村卿に和歌を学んでいたと考えられます。

冷泉家は京都上京の同志社大学と同位置の烏丸通に面していますので、裏千家からは歩いても十五分足らずです。この一首は、裏千家の寒雲亭で詠んだものに違いありませんから、為村卿は度々裏千家に招かれていたのではなかったでしょうか。

為村卿には樵夫と老翁との問答の形をとりながら歌論を述べた『樵夫問答』をはじめ、詠歌『為村集』（『新編　国歌大観』所収）などがあります。その中に、直接茶道を詠んだも

のではありませんが、

閑中灯

友もなくなすわざもなくつくづくとかかげてひとりむかふともし火

庭苔

いさぎよき色とは見ずや苔むしろ敷きわたしたる庭のみどりを

山家

朝な夕なききなれてだに猶ぞうきわが窓ちかき峰の松風

などの興趣深い歌が残されております。

れいぜいためむら●一七一二―七四
江戸時代中期の公卿・歌人。霊元法皇から古今伝授を与えられており、冷泉家中興の祖と言われる。

まいらする二色ながら名は一つ　茶碗の鉢とこれをいふにも

烏丸光広

烏丸光広卿は、後水尾天皇を中心とする寛永文化圏の中心にいた人物であり、特に安楽《あんらく》庵策伝《あんさくでん》との交友が深かったようです。なぜなら策伝の『策伝和尚送答控』の歌集中、最も多く六十七回も登場するのが光広卿だからです。ここに寛永十一年（一六三四）正月に小堀遠州のもとへ策伝と光広が訪れた時の俳諧連歌が残されております。それは、

戌《いぬ》ノ正月　小堀遠州　俳諧

年こせば大草臥《おおくたびれ》てねの日かな　　小堀遠州

なんふくものむ元三《がんさん》のお茶　　策伝

梅ほうし春の物とやねふるらん　　烏丸光広

というものです。年末年始が忙しくて大くたびれのため寝正月にしたいという遠州の発句を承けて、三が日に何服も飲んで気を取り戻そうという策伝、健康のための王服茶《おうぶくちゃ》で梅干を食べて悪鬼を払った、という元三の茶の交わりを詠じて楽しんでいます。

またある時、光広卿が染付の大鉢と茶碗とを策伝に送りました。光広は茶碗の中に一首の歌を詠み込んで入れておいたのではないでしょうか。詞書は、

同染付の大鉢、同茶碗を給るとて茶碗ノ中ニ

まいらする二色なから名は一つ茶碗の鉢とこれをいふにも

というものです。光広卿は、大鉢と茶碗という二個の染付を送りましたので、あちらこちらと心がゆれるでしょうが、いずれにしてもあなたを思うという一つこころですから、と言っているのでしょう。それに対して策伝は、

御返し

拝領の茶碗も鉢も御こゝろの一ツからとそ肝にそめける

と返しています。頂戴した染付は、一つ心からであることを肝に銘じています、というものです。心をそめる意が、染付と重複しつつ何気なく詠み込まれているのは、さすがに寛永を代表する文化人の二人だと言えましょう。

からすまるみつひろ●一五七九―一六三八
公卿。准大臣光宣の子。細川幽斎から古今伝授を受け、禅道を一絲・沢庵両和尚に学んだ。歌道・書画・茶道に堪能で、烏有子と号した。

けがさじと思う御法のともすれば　世渡るはしとなるぞ悲しき

探勝房性禅

『山上宗二記』の中に利休居士の言葉として次のような一文があります。

常ニ此歌ヲ吟ゼラレシ也、宗易ヲ初、我人トモニ、茶湯ヲ身スギニイタス事、口ヲシキ次第也

宗二は、利休居士が慈鎮和尚のこの歌を常に吟詠していたと書いています。茶の湯を行じて身すぎ、世すぎの生業にしている自分を無念に思っていたからだというわけです。実は、この歌は慈鎮和尚の歌ではなく、明恵上人に帰依した探勝房性禅の詠歌で、明恵上人が自撰した『道心和歌集』の最末尾にあり、『明恵上人歌集』に記録されている一首です。

たんしょうぼうしょうぜん●生没年不詳
明恵上人に帰依した人。

なれくてあかぬ名染の姥口を　人にすはせん事をしぞ思ふ

織田信長

織田信長が茶の湯に興味を持ちはじめたのは永禄十一年（一五六八）の上洛以後のことでした。この頃洛中は松永弾正久秀の手中にありました。久秀は同八年、将軍足利義輝を弑《ころ》したのち、京都、奈良、堺の三都市を握り、大和の多聞山城《たもんやまじょう》に権勢を張っていましたが、信長の入京によって彼に属することになります。ルイス・フロイスの『日本史』によれば久秀は、「公方様から赦免を得、信長に恩恵を受けるために、四万クルサード以上の価値のある高価な茶の湯の器を手放して彼らに与える」（第八十三章）ことを余儀なくされたとあります。それは九十九髪《つくも》（付物）茄子と言われる天下無双の茄子茶入です。この時堺の納屋衆《なやしゅう》の一人今井宗久も名物の松島の茶壺と紹鷗茄子とを同様に信長へ進献しています。信長が名物茶器を入手し、名物蒐集に開眼したのはこの時をもって始まると言ってよいのではないでしょうか。同時に茶の湯への興味もこの時とみて間違いありません。

信長の茶を支えたのは主として堺商人でした。その頃の堺商人の茶は武野紹鷗や北向道陳などによってすでにある程度の完成をみ、弘治元年（一五五五）紹鷗が没してからは、その流れは津田宗達、宗及、今井宗久、千利休などを経て大成されようとしていました。信長が永禄十一年に上洛した時には、茶の湯を中心に堺の文化はまさに絶頂期にあったと言えるでしょう。これらの人たちは皆、茶の湯を通じて信長との接近をはかり、茶堂となっていったのでした。信長もまたこうした人たちをうまく利用しながら、多くの名物を所持していきました。

信長が名物狩りで召し上げ、秘蔵していた釜の一つに姥口釜《うばくちがま》がありました。柴田勝家は信長の浅井、朝倉攻めに大功をたてたことが認められて、信長より越前一国を拝領することになります。勝家はこの戦いのあとで、信長の妹お市の方を妻として迎えることになるのですから、いましも日の出の勢いでありました。

さて、越前一国拝領の御礼に安土城に出かけた勝家を迎えた信長は上機嫌で、手ずから茶を点てて出してくれたほどでした。それを見た勝家は、「先年もお願いいたしました姥口釜を下賜いただければ、老後の思い出としてこれにすぎるものはありません」と申し上げます。信長はこの度の功労をよしと思ったのでしょう。奥へ入ると自身で釜を下げて持ち出してきて、この和歌を口遊《くちずさ》みながら、勝家に下されたということです。一首は、毎日毎日飲んできたのにまだ飽きのこない姥口釜であるのに、そなたが釜の口から湯を汲み上げて飲むのかと思うと残念でならない、という意の歌です。信長の洒落た一面が窺える挿話であると同時に、茶の湯政道の一面を示してくれる興味ある話ではないでしょうか。

おだのぶなが●一五三四―八二
織田信秀の次男。元服し信長と改名、天文十五年（一五四六）家督を継ぐ。永禄三年桶狭間の合戦で勝ち、尾張一国を統一。同十一年足利義昭を奉じて入京、以後室町幕府を廃して政権を樹立したが、本能寺の変で横死。

我が仏隣の宝聟舅　天下の軍人の善し悪し

牡丹花肖柏

『山上宗二記』の中に、数寄雑談《すきぞうだん》と世間雑談のことが書かれております。それは茶席の中で話してよいことと、話してはいけないことの両方があるということです。これには、

常ノ茶湯ナリトモ、路地へ入ヨリ出ルマテ、一期ニ一度ノ会ノヤウニ、亭主ヲ可敬畏

とあって、茶会で大切なのは路地入りから退出まで一貫して生涯に一度の会のような心得で主人を敬うべきであると言っています。そして、「世間雑談無用也」と書いて、夢庵の狂歌として引用しているのが冒頭の一首です。宗二には世間雑談の具体的な例が肖柏の詠んだ歌意の通りだと思って引用したのでしょうが、肖柏は多分、連歌会の席上で詠み込んではいけないこととして一首の和歌にしたものに違いありません。数寄者としての宗二は、それを茶会の席上でのこととして転用しましたが、初心者は茶席に入っても信仰のこと、財産のこと、家人のこと、政治向きのこと、他人の噂話などは「世間雑談」であるから話してはいけないと言ったわけです。

しかし、このような厳しい規制が行われるようになると、初心者が茶席に入っても何を話してよいのか分からなくなったのではないでしょうか。なぜなら茶席で話してもよい「数寄雑談」とは、その日の寒熱、天気の晴晦、風雨花月などであり、唐物《からもの》の由来や茶会の噂話や二十年にわたる稽古の席で師から聞いた話であるとされていたからです。しかし、唐物の伝来などは二十年以上茶の湯を嗜んできた人の雑談であって、初心者は四時間もの茶事の席中にあって寒熱や天気の話ばかりしなければならなくなるからです。そうした規制を抱えながら茶人たちは茶事を楽しんできたのでしょう。

ぼたんかしょうはく●一四四三―一五二七
連歌師・歌人。中院家の出。飛鳥井栄雅に和歌を学び、宗祇に古今伝授を受け、三条西実隆の講義を聴講。水無瀬三吟の一人。別号夢庵・弄花老人。著作に『弄花抄』『伊勢物語肖聞抄』『春夢草』がある。

山里に結ばずとても柴の庵　こゝろのまゝに浮き世いとはん

山田宗徧

宗旦の高弟たちの中で、山田宗徧だけは特殊な立場をとった茶匠ということができます。すなわち、藤村庸軒《ふじむらようけん》も杉木普斎《すぎきふさい》も三宅亡羊《みやけぼうよう》も家職としての仕事は守りながら、その一方で茶の宗匠をも兼ねていたということになるのですが、宗徧だけは家職を捨ててまで宗旦の膝下《しっか》で日常をともにしながら千家茶道の修行を積んでいったからです。

宗徧の生家は京都の西洞院中立売を下がったところに位置する東本願寺の末寺長徳寺でした。周学と名乗っていた宗徧は、六歳で父のあとを継いで長徳寺五世明覚となります。宗徧は長徳寺の住職になって間もなく、当時流行していた遠州流の茶法を学んでいますが、いわゆる大名茶には満足できなかったのでしょうか、正保元年（一六四四）に十八歳で宗旦の門を叩いております。その後の様子は江岑と覚々斎に書き送った消息に頻繁にあらわれてまいります。そして八年後の承応元年（一六五二）に宗旦は、二十六歳になった宗徧に「四方庵《よほうあん》」の号と利休四方釜を与えます。山田宗徧もこの時に名乗ったようです。

独立した宗徧の茶室「四方庵」を東本願寺御門主琢如《たくにょ》上人が訪れたのもこの年でありました。このことを知った師宗旦は、利休居士伝来の「大事のひばし」や「南蛮水壺」をはじめ愛蔵の茶器を与えたのみならず、当日は水屋に詰めて愛弟子の亭主振りを後見したと伝えます。

その後宗旦の推挙によって、三河国吉田城主小笠原忠知の茶道役となったのは明暦元年（一六五五）のことでした。宗旦はこの時「不審庵」の額を与えたと伝えられます。宗徧が不審庵号を使って、宗旦の今日庵をたたえた一首を詠じた珍しい一幅が宗徧流の家元に伝えられています。

今日
さしあたることの葉はかり思はるゝ
きのふハすぎつあすはしらねば
不審庵　宗徧

「今日」という日は昨日と明日の間に位置するわけですが、今日をどのように生きればよいかが頭から離れないとの意でありましょう。今の今、の生き方を説いたものです。

三河に下った宗徧は、師の宗旦から伝授された茶法を書き留めておこうと思ったらしく、延宝三年（一六七五）には茶事における亭主と客の働きを記した『茶道要録』を、同八年には『茶道便蒙抄《ちゃどうべんもうしょう》』を著し、元禄三年（一六九〇）に『茶道便蒙抄』、翌年には『茶道要録』を出版しています。こうして三河における四十三年間を過ごした宗徧は、元禄十年に仕えていた小笠原長重が老中に就任し、武蔵国の岩槻に転封するにあたり致仕して江戸へ出ることに致しました。その隠居の気持ちを詠じたのが冒頭の山里の歌ではなかったでしょうか。一首は、

山里に結ハすとても柴之庵こゝろ之まゝにうき世いとハん
　元禄十一寅十月七日
　不審庵改名之日
　書之豊心庵主ヲクル
　　周学宗徧

と書いています。江戸市中に再び不審庵を建てた宗徧は、市中の山居に生きる心を一首にこめたものと思われます。

やまだそうへん●一六二七―一七〇八
茶匠。宗徧流の祖。東本願寺末寺の長徳寺に生まれ、初め周学と称したが還俗

し、茶の湯に専念、宗旦より四方庵・不審庵の号を与えられ、京都鳴滝三宝寺の傍に住す。のち宗旦の推挙で三河吉田小笠原家の茶道役となった際、力囲斎の号を受ける。利休正伝の茶法を広め、また自作の茶道具や琵琶七十面の製作などをしている。

思ふこと茶飲みばなしにつくし合ひ　残すものなし家からおのおの

窪田空穂

窪田空穂と言えば歌人として一家をなし、多くの子弟を育てたことで知られていますが、その名を不朽としているのは古典の註釈ではないでしょうか。『万葉集評釈』『古今和歌集評釈』『新古今和歌集評釈』をはじめとする評論や自詠の歌集などは、二十八巻に及ぶ『窪田空穂全集』によって総覧することができます。信濃国に生まれ育った空穂は、成長後新聞記者や雑誌記者をしたあと、早稲田大学の教授となって生涯を送ります。空穂の歌の中には故郷を懐かしんで詠じたものが多くありますが、歌集『明闇』（昭和二十年）の中に「茶」を詠じた和歌が三首入っております。

信濃人の茶（昭和十七年）

高原の信濃国びと茶を好み家から集ふや日には幾たび
塩漬のからきを添へて信濃びと飲む茶のながし囲炉裏のほとり
思ふこと茶飲みばなしにつくし合ひ残すものなし家からおのおの

飲んでいる茶は渋茶かもしれませんが、雪深い信州の山中にあって、寒夜に家族や近隣の人たちが集ってお互いに好きなことを語りあっている姿が浮かんでくるようです。昔懐かしい日本の家庭の風景を想うと、きびしい中にもほのぼのとした気分にさせられます。

くぼたうつぼ●一八七七—一九六七
歌人、国文学者。長野県生まれ。名は通治。早稲田大学教授。客観性を重んじ、生活に即した題材を抒情豊かに詠じた。歌集『まひる野』、『老槻の下』、また『万葉集』や『古今和歌集』の評釈などもある。

茶の道はたどるも広し武蔵野の　月のすむなる奥ぞゆかしき

六閑斎宗安

「人間定命六十年」と言われた時代に、その半分を少し越えたほどの壮齢で逝去してゆく悲痛は何ものにも替え難いものがあります。裏千家六代六閑斎泰叟居士は三十三歳で短い生涯を閉じることになるのですが、残された墨蹟や絵賛、好み道具や手造り茶碗のどれをとってみても無為に生きる七十年や八十年以上のものを残してきたと言っても過言ではありません。

六閑斎は本人だけでなく、父常叟《じょうそう》宗室も三十二歳の若さで旅立っておりました。時に六閑斎十一歳の時にあたります。そのため六閑斎の茶道教育にあたったのが久田《ひさだ》家から養子に入って表千家六代を継承していた覚々斎宗左《かくかくさいそうさ》（一六七八—一七三〇）でした。覚々斎は機会あるごとに六閑斎を茶会に同道いたします。たとえば『如心斎口授《くじゅ》』には、覚々斎の生家である久田家の当主不及斎宗也の茶会に出席した時のことが書かれています。それによりますと、前席でこそ覚々斎は自分が正客の座に坐っていますが、後席の濃茶、薄茶の段階では座替りして六閑斎を正客に据えます。如心斎は座替りしたことに対して「深意あるべし」と書いておりますが、十六歳年下の裏千家の当主を正客に坐らせた深意と言えば、当然若くして裏千家を背負っている六閑斎に対する敬意だと言えます。かつて五代随流《ずいりゅう》斎宗佐《さいそうさ》が仙叟宗室によって育てられてきたように、点前座と対座する位置で正客を務めることによって茶匠としての薫育をはかっていこうとする覚々斎の心を理解しないわけにはまいりません。

こうして六閑斎は裏千家六代家元としての風格を若いうちから身につけていくことができました。また六閑斎と覚々斎の長子如心斎《じょしんさい》（一七〇六―五一）とは十一歳の年齢差がありますが、裏千家の重責を荷っている若い六閑斎と、表千家の家元となるべく修行を重ねている如心斎とは、お互いに尊敬し合って成長していったものと考えられます。たとえば、如心斎の初茶会に六閑斎筆の掛物を使ったことが『如心斎口授』に書かれております。それは、

或時宗安の手跡、如心斎祝の時もちふ、其後初て茶湯せらる、此時右の掛物かけるというものです。

六閑斎が生きた当時の京都の学問は、朱子学を批判して古学を講じていた伊藤仁斎

（一六二七―一七〇五）の古義堂が中心でありました。六閑斎は伊予久松家の京都御留守居役も仰せつけられていましたので、家臣たちと共に仁斎の跡を継いだ東涯（一六七〇―一七三六）の許で学問に励みました。まして古義堂は堀川下立売に位置していますので、裏千家からは二キロ程の距離にすぎません。このように儒学を学ぶ傍ら、六閑斎は利休居士以来の大徳寺への参禅も怠りませんでした。その師は覚々斎と同じ大徳寺二七三世の大《だい》心義統《しんぎとう》（一六五七―一七三〇）であったと思われます。

一方、六閑斎の教養は当時抬頭してきた富裕町人たちが最も親しんだ俳諧や謡曲、狂言にまで及んでおり、その年齢に比して老成しておりました。そのことは詠歌についても容易に想像の輪を広げることができます。六閑斎が武蔵野の原野に生い茂るすすきと半月を描き、冒頭の一首を添えた画賛を不白が写した掛物があります。江戸に下った不白が、かつて江戸の地で寂しく没したであろう六閑斎の歌を写すことによって、江戸での茶道普及の心の糧としたのではないかと思われます。六閑斎が久松侯のお伴をして江戸に下った折に詠じた和歌が、次第に世間周知となっていくと同時に、六閑斎の江戸での活躍の一端が目に浮かぶようです。一首からは茶道の幅広さと奥深さの両方がしみじみと感じられて、茶道教歌を代表する一首だと思います。

りっかんさいそうあん●一六九四—一七二六

裏千家第六代。常叟の子。幼名政吉郎、泰叟と号した。十一歳で家元を継承、表千家の覚々斎から茶道の薫育を受けた。伊藤東涯に儒学を学び、また謡曲・狂言を嗜む。伊予松山藩久松家に出仕し、三十三歳で松山藩江戸屋敷で没したため品川東海寺に葬られる。

茶の道は心和らぎ敬ふて　清く寂かにもの数寄をせよ

速水宗達

裏千家八代一燈宗室の高足と言えば速水宗達が筆頭に挙げられます。一燈が備州池田藩からの茶道指南を依頼された時に、代理として派遣したのが宗達であったと言われます。多分その折に皆伝を与えたものと考えられ、その時に速水流の基礎ができ上がったと言えるでしょう。宗達はその後、茶道の理論化に取り組んで『茶則《ちゃそく》』や『茶理譚《ちゃりたん》』『茶旨略《ちゃしりゃく》』をはじめ、『喫茶指掌篇《きっさししょうへん》』（『喫茶明月集』とも）などの本を著しています。そしてついに聖護院宮盈仁《みつひと》親王より「大日本茶博士」の称号を戴くまでになっております。

この一首は、宗達の著述『草庵茶事例』中に収められています。それは草庵茶の創始者珠光が禅規を基としているという話の中で、

茶の道ハ心和らぎ敬ふて清く寂かにものすきをせよ

となんきこゆ、畢竟四教ハ茶則にして、いにしへ今の茶の湯の便りとし、従事するものなり

と利休居士の茶の精神「和敬清寂《わけいせいじゃく》」の四規（四教）を和歌に詠んだものです。わび茶人は「和敬清寂」の四教を基本にしながら、茶の精進をしなさいということになります。宗達はそのあと「予が四教の解ハ、茶則にくわし」と書いています。その『茶則』には、

敬ハ以テ質トナシ、和ハ以テ之ヲ行ヒ、清ハ以テ之ニ居リ、寂ハ以テ志ヲ養フ

と書かれています。そしてその基本にあるのは礼であると言っています。そのすべては「礼」がもとになっているというのは、現代の私共にとっても大切な教えではないでしょうか。

はやみそうたつ●一七二七—一八〇九
茶匠。速水流の開祖。京都の人。字は希棟、扶桑翁・滌源居・養寿院と号す。医家に生まれたが茶の湯を一燈宗室に学んで奥義に達し、名代として備前池田侯の茶道を務めた。のち一燈から許されて一派を成した。儒学を堀川古義堂、和歌を小沢蘆庵に学び、文筆の才に恵まれ多くの茶書を残している。

茶の花を摘めばちひさき黒蟻の　蕊にひそめりしみじみ見て棄つ

若山牧水

「白鳥はかなしからずや」の歌で有名な若山牧水は近代における吟遊詩人の代表と言ってよい人物です。結婚後も飄然として旅に出たと言われ、「幾山河越えさりゆかば寂しさのはてなむ国ぞけふも旅ゆく」の名歌もこうした中から生まれた一首でした。

この歌は大正元年（一九一二）の『死か芸術か』に収められた和歌で、摘んだ茶の花の中に見出した黒蟻を詠んだものです。花蕊にひそむ黒蟻は牧水自身を擬人化したものに違いありませんが、「しみじみ見て棄つ」の語に言い知れぬ人生の悲しみを感じるのは私だけではないと思います。

わかやまぼくすい●一八八五―一九二八
歌人。宮崎県に生まれる。本名繁。尾上柴舟門下で、平易かつ浪漫的作風で一世を風靡する。歌誌「創作」を主宰し、旅と酒の歌を多く残す。

あけにける五十路の春をむかへては　いよゝはげまん道につくさん

円能斎宗室

明治三十八年（一九〇五）のこと、裏千家十三代円能斎鉄中のもとへ、スコットフィールド姓のアメリカ人ヘレン、グレス、フローレンスの三婦人が、日本の伝統文化の代表である茶道を学ぶために入門してまいります。茶道を真剣に学ぼうと志して訪れた最初の外国人です。明治初年、十一代玄々斎によって考案された立礼式《りゅうれいしき》以来、岡倉天心やフェノロサによる日本文化再認識が一つの成果を示しはじめたときでもあり、円能斎宗匠の努力が実を結ぼうとした時期でもあります。

明治五年五月二十一日、十二代又妙斎《ゆうみょうさい》直叟居士の長男として生をうけた嫡子に対して、「駒吉」の名を与えた祖父の玄々斎精中は、下にもおかない可愛がりようであったと言われます。

十八歳の明治二十二年に父又妙斎の隠居とともに宗室を襲名し、十三代家元としての新しい第一歩を踏み出した円能斎は、それ以後「若いときの苦労は買ってでもせよ」の言葉通り、裏千家茶道および茶道界の振興に心血を注ぎました。「円能」の号を北白川宮能久《よしひさ》親王から、また「鉄中」の号を小松宮彰仁親王から頂戴した宗室は、「鉄中の錚々《そうそう》たる者たれ」の言葉通り、円満闊達を生涯の指針としました。

摂津三田九鬼男爵家の叔父西貢《にしみつぐ》の長女つな子を娶った円能斎に、待ちに待った男子が誕生したのは明治二十六年のことです。政之輔と命名された長男が成長して元服式を行った後「玄句軒永世」を称するようになった時、円能斎は日本の将来を担う青年男女を育てる根幹は学校教育にあると考え、そのためには学校教育のできる人材を育てなければならないと判断して、一ヵ月にわたる夏期講習会を開催することにいたします。現代では当たり前になっている家庭、社会、学校教育の意志疎通と、婦人の地位向上、情操教育には、茶道を通じた人間形成こそが第一であると考えた結果の講習会発会でした。

円能斎のこうした努力が実を結びはじめ、長男永世が淡々斎と名乗って仙台の名家伊藤家の嘉代子嬢と結婚し、片腕となる活躍をしてくれるようになった大正十年（一九二一）、円能斎は既に半白の年齢に達していました。新春の祝儀を家族と迎えた円能斎が、

大正辛酉の年わかよはひ知命に達しけるを、みつからことほき、みつからいましめて

の詞書を添えて詠じた一首がこの和歌です。人生の後半を茶道のために生き抜いていく決

意をこめた一首だと言えます。

えんのうさいそうしつ●一八七二―一九二四
裏千家十二代又妙斎直叟の長男。幼名駒吉。対流軒と称した。十八歳で家元を継承。三友之式・濃茶各服点を考案し、流し点・大円真草を復興、また「今日庵月報」を創刊し、夏期講習会を創始するなど流儀の発展に尽力、婦人層による茶道隆盛の基礎を築いた。

何となくたつる茶の湯は　手ですればひぢをは袖の内にこめつつ

瀬田掃部

瀬田掃部が何某かに与えた消息に詠み込まれた一首です。

ところで掃部の茶の湯は一風変わっていたと言われています。人の目を驚かすような突飛な働きをすることもありましたが、それが尋常からかけ離れているために人の心を動かすことはあまりなかったとも言われています。

掃部が所持していた古高麗の茶碗は、特によく知られていました。それは畳十四目半もある浅い茶碗だったため、茶筅すすぎも、点茶もとても難儀です。ある時、掃部は、秘蔵するこの茶碗に銘をつけていただきたいと利休居士にお願いしたところ、「湖」の銘が与えられて戻ってきました。その時、居士は「瀬田」と銘した茶杓も一緒に添えていました。掃部はこれらの道具を使ってある夏の日に、利休居士を招いて茶会を催しました。後席になり、濃茶を点てる段になって、初めて「湖」の茶碗に晒茶巾を仕込んで持ち出します。その茶巾は端縫いがしてありません。また、仕舞いの段になると天目点の時と同じような茶巾の扱いをしました。掃部は、秘蔵の上に居士に銘まで与えられた茶碗ですから、かくの如き扱いをさせていただきました、と申し上げたところ、それを見ていた利休は、その作意に感心し、「それはもっとものはたらきです。平茶碗を使用した上に夏の涼を増すため晒茶巾にした作為は大変結構な趣向です」と誉めたということです。ちなみに掃部のこの作意が、洗い茶巾の点前の最初であったと言われています。

七哲の一人である掃部が利休居士に教えられたのは、茶の点前とは一服一銭の絵巻に出ているように肘を張って大振りに点てるのではなく、肘を袖の内側に入れながら点てるのが、わび茶の点前だと言っております。この歌の冒頭「何となく」は気張ることなく、スラリスラリと点てていくのがよいという居士の教えをそのまま受けた語であると考えます。

せたかもん●？—一五九五
桃山時代の戦国大名。利休七哲の一人。名は正忠、伊繁。秀吉に仕え、、近江の地を与えられる。文禄四年（一五九五）の豊臣秀次の事件に連座して処刑された。

やかましきうき世の塵を拂ひけり　月雪花の三羽箒に

賀茂季鷹

賀茂季鷹が羽箒と鐶《かん》を描いた絵の賛として詠じた一首です。京都上賀茂神社の祠官として生まれた季鷹は、九十歳という長命を保ったために多くの和歌を残しておりますが、裏千家十代認得斎や十一代玄々斎と交遊を持った茶人としても知られております。おそらく、認得斎・玄々斎の歌の師ではなかったでしょうか。

季鷹の風流ぶりは、吉野の桜、立田川の紅葉を自邸に移し植えて、雲錦亭と号したことでもわかります。ここに友を招いて宴を張り、歌会や茶会を催したと言われます。季鷹は初め、有栖川宮職仁親王《ありすがわのみやよりひと》（一七一三―六九）の門に入って、歌を学びました。そうした若い頃の修業の一つに次のような歌があります。

上無月はかり、有栖川宮へ参しに丹頂鶴を見せたまひて、只今一首よめと仰られしかは即よミて奉りし歌

もみじ葉の色はかしらにいただけどうつろふ秋もしらず顔なる

季鷹は老年になってから「炉辺閑談《ろへんかんだん》」と題して、

うつみ火のもとつこころをかきくらしかきおこしつつ語る夜半かな

という歌も詠じています。夜咄の茶会の折に閑談を楽しんでいる姿が彷彿とされる歌です。こうした境涯に至った季鷹が茶の湯を楽しみながら世俗を離れた心境を詠じたのが冒頭の一首と考えられます。

かものすえたか●一七五一―一八四一
本姓山本氏。京都上賀茂神社の祠官。十九歳で江戸に下り、当時の歌人文人と多く交わり、歌名をあげる。狂歌もよくした。

つつい筒いつつにかけし井戸茶碗　とがをばわれにおひにけらしな

細川幽斎

かつては筒井順慶が所持し、関白秀吉が秘蔵した茶碗の中に、大振りの井戸茶碗がありました。ある日、この茶碗を使って細川幽斎を招き、茶会をすることになりました。幽斎は言うまでもなく、細川三斎の実父であり、古今伝授で知られる文人武将です。

秀吉は、その茶碗を蔵から出してくるようにと近習の者に命じます。ところがこの茶碗を出してくる途中で、取り落とし、茶碗は五つに割れてしまいます。落とした者は青くなり、聞いた秀吉は激怒して即座に首をはねると刀に手をかける有様で大騒動になりました。その時、そばに控えていた幽斎が秀吉に向かって詠じた一首が「筒井筒」の歌であります。それを聞いた秀吉はようやく気を静めて、その罪を許してやったとのことです。そしてそれ以後、その欠けた茶碗を「筒井筒」と銘じて、今まで以上に大切にしたといいます。

ちなみにこの歌は『伊勢物語』の、「筒井づつ井筒にかけしまろがたけ過ぎにけらしな妹見ざる間に」という名歌を本歌取りにして幽斎が即興に詠じたものであります。

幽斎について、今一つ面白い話が伝わっています。

ある時、蒲生氏郷《がもううじさと》と幽斎の二人が利休の茶会に招かれ、茶会のあとで、氏郷は、利休が所持する千鳥の香炉を拝見したいと申し出ました。すると利休は不機嫌な様子で、香炉を取り出すと灰をあけ、そこへごろりと投げ出しました。見ていた幽斎が「清見潟《きよみがた》の歌の心でしょうか」と言うと、利休の機嫌が直って「おっしゃる通りです」と答えます。この「清見潟」の歌とは、順徳院の百首のうちの、

清見がた雲もまがハぬ浪のうへに月のくまなるむら千鳥かな

であります。幽斎は、歌にある「満月をかくすほどに飛ぶ不風流な群千鳥」を「茶会のあとの香炉所望の行為」に懸けたのでした。すべて何事も興の過多はよくないし、事足らぬところにこそ風流はありあまるということを教える話だと言えましょう。

ほそかわゆうさい●一五三四—一六一〇
武将、茶人。九州の役では秀吉に仕え、関ヶ原の役には東軍に属した。和漢の学を修めて有職故実・歌道に通じ、三条西実枝から古今伝授を受けた。津田宗及、千利休と親交。

山ざとは松の声のみきゝなれて　風吹かぬ日はさぶしかりけり

大田垣蓮月

八十五歳の長命を保って明治八年（一八七五）に没した大田垣蓮月尼の書画については、どこかでご覧になった方も多いことと思います。蓮月尼と言えば、書や画と同じくらいに知られているのが手造りの陶器です。富岡鉄斎を可愛がっていたとのことで合筆のものなども多く残されているため、煎茶を好んだ鉄斎との関係からか、どちらかと言えばその方面の茶器のほうが世間周知のようですが、実際は抹茶用の茶碗や水指、建水などの手造りが多く残されています。

この和歌は七十五歳頃に詠まれたらしく、一首を彫り込んだ茶碗が残されております。晩年の蓮月尼にとって余程気に入った歌であったらしく、同じ和歌を彫り込んだ樂慶入造の茶碗も残されております。そのほか、扇面や短冊にも同様の歌が書かれています。蓮月尼は得意の一首ができると、揮毫しては次々と渡していったらしく、「秋の夜のすさび」として七十八歳に詠んだ、

のに山にうかれ〳〵てかへるさをねやまておくる秋のよの月

や、「七十七歳」と書いた、

やとかさぬ人のつらさを情にておほろ月よの花の下ふし

などは、現在、五幅も七幅も残されております。維新の混乱を目にしてきた蓮月尼が、松風の音を聞きながら、晩年の境涯を詠じた一首ではなかったでしょうか。

おおたがきれんげつ●一七九一―一八七五
歌人。名は誠。但馬の大田垣家の養女となり、最初の婿養子とは離縁、再養子と死別して剃髪、京都に住み蓮月と称した。後年西賀茂に移り、小沢蘆庵、六人部是香に私淑、富岡鉄斎を薫育し、梁川星巌らと親交。書と茶をよくし、陶器の作は蓮月焼という。歌集『海士のかる藻』がある。

あしわけのを舟に似たるくさの庵　ろをとりいでゝ朝ひらきせむ

阪　正臣

御歌所《おうたどころ》の寄人《よりうど》として皇族や貴顕の方々の和歌や書の教授を務めた阪正臣は、茶所名古屋に生をうけました。六歳の時には父を亡くしていますから、幼年期は寂しかったのでしょうが、和歌を詠むことで心が癒されたのではないでしょうか。

正臣が初めて歌を詠んだのは、八歳の時だと言われます。一方、茶道に親しむようになったのは母の影響かとも思いますが、詳しいことは不明です。しかし、四十四歳の明治三十一年（一八九八）に「開炉」の題で詠じたこの歌は、正臣の歌集『時時集』に収められており、正臣が草庵を造っていて、炉開きの準備にいそしんでいる姿が彷彿とします。

ばんまさおみ●一八五五―一九三一
字は政介、号は桃坪・茅田小民・樅の屋。尾張国知多郡横須賀生まれ。三十歳の時、宮内省御歌所寄人となり、また華族学校教授などを務めた。

あばらやと見ればとしふる霰釜　寒さをよそに湯やたぎるなり

啐啄斎宗左

寛延四年（一七五一）八月十三日のことです。四十七歳の如心斎天然宗左《じょしんさいてんねんそうさ》が他界した時、幼名与太郎を名乗っていた啐啄斎は八歳にすぎませんでした。表千家八代を継承した啐啄斎の後見をしたのは、父の弟にあたる裏千家八代一燈宗室であり、住山楊甫《すみやまようほ》などであったと考えられます。宗旦百年忌を迎えた宝暦七年（一七五七）には、十四歳の啐啄斎は一燈の後見を得ながら不審菴での年忌茶会を開始しています。九月十九日から十月十九日までの一ヵ月間に二十四会の茶事をいたしますが、四会目にあたる二十三日には千玄室、速水宗達の二人を招きます。玄室とは十二歳になった裏千家の若宗匠不見斎玄室であり、宗達は備前池田藩の茶道となる一燈の高弟です。

ところで、啐啄斎の生涯で最も大変な事件と言えば天明八年（一七八八）一月晦日におこった天明の大火だったと思われます。啐啄斎四十五歳の時です。延焼した千家の再興が急務だったのは、二年後に利休居士の二百回忌を迎えなければならなかったからです。啐啄斎はすぐに再興に取りかかり、一年後の寛政元年（一七八九）九月十四日から十月末までの間に二十四会の二百年忌法要の茶事を営んでおります。

啐啄斎が還暦を迎えた文化元年（一八〇四）八月、隠居して、「宗旦」を名乗ることにいたしました。そして大火後に復興していた祖堂の脇に二畳程の小座敷を作って隠居所にしたと伝えられています。その時に詠んだ発句が「改名の折柄」と題して、

山槿《むくげ》にも恥ず二畳に大あくら
むくけに宗旦名あれハ也　　旦（花押）

というものです。この二畳敷の大宇宙に生けられている宗旦むくげと同様、恥ずかしげもなく大あぐらをかいて坐っている自分であることよ、という意です。発句ではありますが、あとの一文が「七七」の音になりますので、和歌一首のようにも見えます。啐啄斎にはそうした意図があったのではないでしょうか。

啐啄斎は千家中興後の家元制度成立の時代に一燈やその長男の不見斎などと共に千家茶道の振興に努力しました。啐啄斎は多くの茶会記や書き付け物を残されていますが、冒頭の一首は與次郎作と伝える釜の箱に書き付けた「あばらや」の銘と一首の和歌です。

あばらやと号　　宗左（花押）

あばらやと見れはとしふる霰かま
　さむさをよそに湯やたきるなり

釜の口周辺が大きく破れているために「あばらや」の銘をつけたのでしょう。一首の意は、あばらやかと思うほどの荒れはてた釜であるが、湯を沸かせば、破れ目からも湯気があふれ出て暖をとるにはよい気味であるなあ、というほどのことではないでしょうか。

そったくさいそうさ●一七四四―一八〇八
表千家八代。幼名与太郎、号は件翁、隠居して宗旦。十四歳の時、宗旦百回忌を機に家元を継承した。

月も日ものどかにめぐる宿ならん　窓に茶臼の音の聞ゆる

小出　粲

石見国《いわみのくに》浜田藩士の子として生まれた小出粲は、生まれつき脆弱な体格でありました。そのため、武士としての修行よりは画を学んだり、父親松田三郎兵衛の好んだ俳諧や母が嗜んだ和歌を身につけるなどしていたと思われますが、藩校の官諭社に入ってからは文武両道に才を発揮し、宝蔵院流槍術の免許皆伝を受けるほどになっています。その一方島原藩の瀬戸久敬に和歌を学んで実力をつけ、二十歳の時に小出家を継いだ粲は、維新後宮内省に入って文学御用掛となっています。そして明治天皇の京都・吉野行幸の折に供奉するなどの活躍をします。明治二十五年（一八九二）御歌所寄人となり、同三十三年には主席心得と進んでいます。

この歌は「茶」と詞書された二首の内の一首です。天皇に供奉した時とは限りませんが、宇治に泊まった時のゆったりとした時間の経過の一瞬を詠じたものではないでしょうか。いま一首の歌は、

しつのめ《賤女》が松かさたきてくつこのめ《木の芽》煮るもゆかしき宇治の山里

というもので、一日の作業の合間に松笠で沸かしたやかんの中にくず茶を入れて飲んでいる茶摘女の様子が詠まれています。

一首は明治四十二年中川恭次郎編になる『小出粲翁家集』に収められています。

こいでつばら●一八三三―一九〇八
歌人。御歌所寄人。石見国浜田藩士松田氏の子。幼名新四郎、のち鎮平と改め、如雲と称した。藩校官諭社に入り、文武両道の修行を積み、和歌を瀬戸久敬に学ぶ。明治二十一年御歌所に勤務し、梔園、赤松庵と号した。歌風は才気縦横と評され、歌集『くちなしの花』、著書『飛騨の山ふみ』などがある。

茶湯こそ直なる道を点て習ひ　身のよく垢をふりすゝぐなり

野本道元

弌樹庵古儀茶道と言われる野本家の四代を継いだ道元は、現代のマルチ人間のように幅広い活躍をした人物でありました。茶人としてだけでなく、仮名草子作家としても知られております。

道元は経文・仏典のみならず、神学・兵学・儒学などの諸子百家にも通じ、山鹿素行《やまがそこう》の推挙によって元禄七年（一六九四）には弘前藩主津軽信政に召し抱えられています。そして津軽の地に茶樹を植えただけでなく、京都から織物師を招いて機織《はたおり》を普及させ、織座も設けました。その一方、養蚕を奨励して桑畑を開墾したり、また紙漉きも興しています。

仮名草子作家としての道元が書いた『杉楊枝』は、延宝八年（一六八〇）に刊行されました。一休和尚と竹川竹斎を主人公にして、多くの狂歌を配した草子です。その中で、「忠ある人」「孝ある人」「無欲なる人」「遁世者」「奉行する人」「けっかう人」「後生ねがひ」「酒このむ人」に続けて「茶このむ人」として詠まれた狂歌が、茶湯こそすくなる道をたてならひ身のよくあかをふりすゝぐなりの一首です。

茶の湯を学ぶ人は正直、素直なる心を身につける一方で、身についた垢を振り払って、直心《じきしん》の交わりができるよう努めているということです。

のもとどうげん●?―一七一四

木下長嘯子の庶子とされるが疑問視される。野本家に入り、四世を継ぐ。号隠田子。博学を以て弘前藩主津軽信政に招請され、その茶堂となる。編著に『茶教一源』『茶考』『数奇道大意』『茶教字実方鑑』などがある。

我庵《わがいほ》は世を宇治山にあらねども　笠に炭をく喫茶なるらむ

直斎宗守

形物香合番付と言えば交趾《コーチ》や青磁、染付香合の代表が網羅された有名な番付表ですが、その行司役の一人に「名取河《なとりがわ》香合」があります。これは官休庵中興とも言われる七代直斎宗守好みの埋木《うもれぎ》香合の名前です。奥羽国名取川から生まれた埋木を伊達家が禁裏へ差し上げるのですが、それが九条家に渡り、さらに直斎が下賜されたため、その材を以て造った長角形の錫縁《すずぶち》香合です。官休庵を代表する好み道具と言えば、源氏車香合と名取川香合の名が挙がりますが、ともに直斎宗守の好みであります。直斎の生きた時代は倹約令によって経済の引き締めが強かった時代ですが、表千家の啐啄斎《そつたくさい》が幼少であったために裏千家の一燈・不見斎とともに茶道界を守って生涯を送ったと考えられます。

この直斎が市女笠《いちめがさ》か蛇の目傘かはわかりませんが、その形姿を写して炭斗にしたのが笠炭斗です。直斎がこの炭斗の裏にこの和歌を朱漆にて直書きしております。それは、喜撰《きせん》法師の、

わが庵は都のたつみしかぞすむ世をうぢ山と人はいふ也

を本歌としていることはあきらかです。世を「憂《う》し」と「宇治」の懸詞とし、宇治と茶を縁語として一首を詠じたもので、直斎の諧謔振りがよく窺われる和歌です。

じきさいそうしゅ●一七二五―八二

九条家の家来の家筋から出て、武者小路千家六代真伯宗守の養子となる。幼名久之丞、堅叟と号す。安永三年（一七七四）一翁宗守の百回忌を迎えるに際し、二年前に焼失した建物を再建、邸内に一方庵、弘道庵の両席を好む。

船つなげ雪の夕べの渡し守　なにゆゑかくは身をつくすらむ

古田織部

古田織部が利休と昵懇になったのは、秀吉時代に入る前後の三十代後半からであったと言われます。利休を知ってからはその茶風に傾倒し、利休が秀吉の怒りをかって堺蟄居を命ぜられた時には、織部と細川三斎の二人が淀川まで見送りに行ったことはよく知られています。

利休の死後、織部の茶境は一度に花開いたのではないでしょうか。通常利休好みの静に対し、織部好みの動が言われますが、世に「へうげもの」と言われる織部焼を発想したと伝えられるのも、これ以後のことです。またその茶風も利休の極わびに対して、武家風を強調しました。それについて、両人の点前の違いを針屋宗春が次のように語りました。即ち、織部の点前は大変格式があって立派であり、その姿は今でも目に浮かぶようです。一方利休の点前は注意して見ていても、いつ始まりいつ終わったのかを見分けることができません、と。織部の点前が格に叶った堂々とした点前であるとすれば、利休のそれは格を離れた点前であるということでしょう。

秀吉の死後、関ヶ原の役では家康方に属して認められ、秀忠からも江戸城に召されて登城するなどの慶事によって「茶道御師範」の名が与えられ、その日常生活は多忙なものとなったに違いありません。冒頭の和歌はそうした織部の生活の一面を窺わせてくれる一首であり、藪内竹心の『源流茶話』に収められています。一文は、

古織さるかたへ消息に　いかなる因果にて数寄を仕ならひ候やらむ、この寒天に大坂堺にと方々茶にまゐり候にぞ　持病も発り候、又節々登城仰せ付けられ候もみな数寄ゆえに候

船つなけ雪の夕への渡し守なにゆゑかくハ身をつくすらむ

というものです。休む間もなく向こう岸とこちら側とを往復する船頭の姿を自分と大映しにしながら詠じた感慨深い一首だと言えます。

ふるたおりべ●一五四四―一六一五
大名茶人。美濃国に出生。父とともに織田信長に従い、山城・摂津の代官を務めた。利休の昵懇者の随一となり、利休七哲の一人とされる。慶長十五年（一六一〇）将軍秀忠に台子茶湯を伝授したが、大坂夏の陣に際し徳川軍への反撃の陰謀があると目され自刃。その真偽は不明。

世の塵に心帚《はらう》と鐶念し　趙茶の無味を正に嘗むべし

大心義統

大心和尚は、「巨妙子《こみようし》」の号を使って『茶祖伝』という茶書を著しております。また裏千家六代六閑斎や表千家六代覚々斎との交遊も知られております。大心和尚は茶掛となるような絵賛物も多く残しておりますが、その中に羽箒、鐶の絵賛も度々見られます。その一幅は次の通りです。

茶之道有四焉　和敬清寂　此道須貴　此道須貴故　入此道称之　於須貴者

（茶ノ道ハ四アリ　和敬清寂　此ノ道ハ数寄　此ノ道ハ数寄ユエ　此道ニ入ル之ヲ　御数寄者ト称ス）

茶の道には四諦と称すべきものがあり、それは「和敬清寂」であると言っています。大心和尚は、数寄に「須貴」の字を当て、「須《すべから》く貴ぶべし」と雅称しているのだと思います。大心和尚は、『茶祖伝』の序文で、「数寄」を「須貴」と書く理由について、数寄の字は雅趣がないために珠光が「須貴」の字に改めたとも言っています。

大心和尚による羽箒、鐶の絵賛のもう一幅は、「茶」の大字に続く冒頭の一首を書いたものです。一首の前には「微風吹幽松　近听声愈好」（微風ハ幽松ニ吹キ　近听《きんきん》ノ声　愈《いよいよ》好シ）の五言二句の詩を付して「世の塵に心帚と鐶念し趙茶の無味を正に嘗むべし」と詠じています。詩は茶席の中から聞こえてくる数寄の雑談によってわびの風情がいよいよ高まっていくというものです。続く一首は趙州《じょうしゅう》和尚が言った「喫茶去」の真意を理解して、茶を喫する喜びを感じるべきことを説いているのでしょう。

だいしんぎとう●一六五七—一七三〇
臨済宗大徳寺派の僧。宝永三年（一七〇六）、大徳寺第二七三世住持となる。和泉の禅楽寺、武蔵の勝幢寺に住し、東海寺の輪番も務めた。号は巨妙子のほか、小心子、金剛童、蓮華童子、蓮華庵など。

ゆがまする人にまかせてゆがむなる　是ぞすぐなる竹の心よ

小堀遠州

小堀遠州の茶を称して「きれいさび」ということばを聞かれたことがあると思います。これはおおむね遠州の好みが王朝趣味的な美しさと、気品の高さとを目指していたところに由来しています。茶人としての遠州の魅力は、遠州七窯《なながま》に見られる陶芸指導の能力や、中興名物選定の鑑定家としての眼識、古染付にみる海外への注文品への関与、また世職である作事、作庭など、その総合的な力量にあると言えます。加えて遠州は、禁裏と堂上公家との交遊による文芸的な教養が深い武家としても知られます。しかし、師匠筋にあたる利休居士や古田織部ほどの強烈な個性は窺えません。徳川三代将軍家光の茶道師範であった遠州に、それは無用であったのかもしれません。世の中はすでに磐石な徳川氏による治世であり、そうした中で、

それ茶の湯の道とて外にはなし、君父に忠孝を尽し、家々の業を懈怠《けたい》なく、ことさらに旧友の交をうしなふことなかれ、春は霞、夏は青葉がくれの郭公鳥《ほととぎす》、秋はいと淋し

さまさる夕の空、冬は雪の暁、いづれも茶の湯の風情ぞかし（「書捨文」）という茶道観をもつことができたことは、むしろ幸いであったと言えます。少なくとも二人の轍《てつ》を踏むこともなく、その身を全うし得たのですから。

遠州は、まだ幼かった頃に一度だけ利休居士と会う機会が訪れました。それは十歳の時です。作介と名乗っていた遠州は、父正次が仕えていた大和大納言秀長の移封に伴って郡山城に移ります。天正十六年（一五八八）に関白秀吉の御成りがあります。秀長は利休居士を後見として点前の稽古に余念がありません。その場の様子を次の間からのぞいていたのが十歳を迎えたばかりの作介でありました。

関白御成りの日、秀長の点てた茶を秀吉に給仕する大役を見事果した作介は、茶の湯であればこそ小身の倅《せがれ》であっても、檜舞台に出る機会のあることを、身をもって悟ったと思われます。

慶長十三年（一六〇八）には駿府城の作事奉行に任ぜられ、従五位下遠江守に補せられた遠州は、その後大いに手腕を発揮いたします。仙洞御所・二条城・江戸城西丸山里茶屋・南禅寺金地院《こんちいん》・大徳寺孤篷庵などの作事はご存知の通りです。そしてついに寛永十三年（一六三六）には、江戸品川御殿で将軍家光に献茶し、将軍家茶道師範にまでなったのでした。

きれいさびを標榜《ひょうぼう》する遠州が、和歌及び書道を冷泉為満に学んで、王朝文学を好み、特に定家卿を深く慕ったことは、茶器の歌銘などによっても知られています。

ところで、加賀藩前田家の大守利常は、ある時定家の軸を買い求め、かねてより大切なものとして愛玩していましたが、ある日の茶会にそれを床に掛けて遠州を招きました。ところが遠州は、その軸を一瞥したのみで、一向に賞美する気配がありません。一座の雰囲気はすっかりしらけてしまいました。そこで茶道役の一人が耳うちし、「実はあの軸は定家卿の歌切でありまして、遠州公に御覧入れるため、わざわざ利常様が掛けられ、お招き申し上げたのでございます。ぜひともじっくりとご覧下さいませ」と言いつのります。それを聞くと遠州は笑いながら、「いや、あの掛物は定家卿ではありません。まぎれもなく私の筆跡です。それ故に最前から気づいていたのですが、利常公は馳走のためにわが筆跡を掛けられたのかと思い、はて一礼を述ぶべきかどうかを思案しておりました。自分の筆跡を誉めるのも気恥ずかしい思いがしますので」と言います。茶道役は返事に窮して、ただ遠州の能筆を驚嘆するばかりであったと言われます。

こうした遠州が詠じた一首が、茶杓の歌であります。この一首は藪内竹心の『源流茶話』に収められており、「茶杓の筒に書付給ふ」と竹心が書いております。人の心は素直であればこそ、竹と同じようにいずれにでもなびくのであって、我慢、我執が出すぎると生きにくいものですよということを言いたかったのでありましょう。人生訓としても大切なことであると同時に、茶人として生きていく場合の交わり方を教えてくれるのではないでしょうか。

こぼりえんしゅう●一五七九—一六四七
幼名作介（または作助）、名は正一（のち政一）。遠江守に任ぜられて遠州と通称される。号は孤篷庵。大徳寺の春屋宗園に参禅して宗甫の号を受けた。豊臣秀長、秀吉に仕え、二十六歳で家督を継いで徳川家康に仕える。茶風は「きれいさび」と称され、将軍家の茶道師範となった。遠州七窯、『遠州蔵帳』、中興名物の選定等、後世に大きな影響を与えた。

すなほなるこゝろをうつすわざなれば　折れずまがらず正しかるべし

藪内竹翁

江戸時代後期の文化の爛熟《らんじゅく》時代に生きた竹翁は、家元の内部を整えることに力を注ぎました。藪内家の伝承によれば、竹翁は常識を大切にし、中庸を重んじた典型的な京茶人であったとされています。こうした竹翁の茶を象徴するような一幅に、

茶　左右礼和止レ至レ善

あめつちのなせるすがたを其まゝに性の善なる道にこそよれ

とあって、道を守り、交友を大切にしたとされる竹翁の心が詠じられています。その一首に続いて詠まれたのが表記の和歌ですが、竹翁の茶に向かう姿勢がそのまま詠み込まれた、まさにすなおな詠ということができるのではないでしょうか。

やぶのうちちくおう●一七七三—一八四六
藪内家七代家元。名は宗逸、字は公翰、桂隠竹翁、竹逸。もと大和郡山藩の武士。

心とめて見ねばこそあれ秋の野の　芝生にまじる花のいろいろ

武野紹鷗

草庵茶をはじめた珠光のあとを継ぐ茶の湯名人として知られた武野紹鷗は、草庵茶に「わび」の美意識を取り入れたことで有名です。

新五郎といっていた紹鷗は、若い頃から和歌を好み、京都へ上ってからは当代一の歌人、三条西実隆の門をたたき、歌人としての修業を続けていました。ですから『山上宗二記』でも、「紹鷗は三十歳まで連歌師であった」と書かれています。しかし、師実隆より藤原定家の『詠歌大概』を伝授されてから、わび草庵茶の精神を体得するようになったと言われます。その間に紹鷗は京都四条に大黒庵と言われる草庵を設け、わび茶をより深く推しすすめることに努力しました。

大黒庵に住むようになった紹鷗が創案した棚に、「紹鷗袋棚」があります。紹鷗はこの棚を好むにあたって、

我名をば大黒庵といふなれば袋棚にぞ秘事はこめける

と詠じました。大黒さんが持っている袋には、何が入っているのかは不明ですが、私の袋棚にも茶の秘事を多くこめました、というのです。

藪内竹心の『源流茶話』によれば、袋棚の下は二枚引きの襖になっていて、右の小戸には水指を入れるのに対し、左の小戸の内に秘事をこめているといいます。すなわち、左の小戸には、初座では灰炮烙《はいほうらく》、または香箱、羽箒を入れ、中立《なかだち》後は相伴の替茶碗か水建《みずこぼし》の類を入れるとあります。

ところで、紹鷗が主張するわびの心は「正直につつしみ深くおごらぬ様」であると言われます。

しかし残念なことに、紹鷗は「正風体盛り」（『山上宗二記』）の五十四歳で亡くなってしまいました。その遺志を継いだ利休によってわび茶は大成されるのですが、弟子入りした若い頃の利休に、露地のしつらえ方を教えたのが冒頭の一首です。

紹鷗の時代にあっては屋敷の内で茶席が設けられるのは「褻《け》」の場が中心でした。それゆえ茶席へは露地門から入っていくことになるのです。当然正門から表玄関へと続く庭の植え込みとは違った露地のしつらえになるのですが、紹鷗の歌はそれをいったものです。茶席へ向かう植え込みには、不注意な人でも気が付くように色々な花が芝生に交じって咲き乱れる秋の景色にしなさいというものです。

これは何を言っているのかというと、露地口から茶席へと通じる通路には、たくさんの花が咲いている庭がよいということになるのです。それは当時、茶席に必ず花が入れられるとは限らなかったことを教えてくれます。

この歌は近松茂矩《ちかまつしげのり》の『茶湯古事談』に引かれた歌ですから、その信憑性については疑問がありますが、だからこそ利休居士が茶席にいたる露地に花咲く木や草を禁じて、茶席の花を賞玩してもらうようにしたというのもうなずけることではないでしょうか。

たけのじょうおう●一五〇二―五五
茶の湯の名人。堺の文化隆盛に指導的な役割を果たし、今井宗久、津田宗及ら信長・秀吉政権下の政商たちを育成。また小倉色紙の採用、紹鷗信楽の選定など、わび茶の具現化をほぼ達成し、利休の師として珠光、紹鷗、利休と続く茶道の成立を促した。

草と木のおひそふ中に人みなの　めづる言葉も花の香のよさ

本居宣長

本居宣長と言えば、小林秀雄の『本居宣長』という名著がありますので読まれた方も多いことでしょう。儒者や国学者の中には、茶の湯批判をなす人が多いなかで、伊勢松坂の木綿商で数寄者でもあった小津家に生をうけた宣長は、幼い頃から喫茶は日常であったと考えられます。

ところで宣長は「物のあはれ」を知ることが人間にとって大切であるといいます。「物のあはれ」とは、素直な心でもって自然界に接することだということになるのですが、「茶」と題して詠じた一首も、同様の考え方から出ているのではないでしょうか。「茶」の別名は草人木といいますが、それを賞でることができるのは、その人の心掛け一つであると言っているのです。この歌の中で言う「めづる言葉」こそ、宣長のいう「物のあはれ」だと思います。

尾張徳川家の藩医であった平野広臣（一七七三―一八五三）は、寛政十二年（一八〇〇）

に本居宣長に入門して国学を学びはじめます。そして宣長没後は、鈴屋を継承した息子春庭に従って、より深く究める努力をしました。

広臣が「茶」と題して詠じた歌に、

　つみいつる春のこのめは月の夜も雪の朝の香ににほひつつ

があります。

江戸時代後半になりますと、茶の栽培は伊勢、尾張、三河方面に広く行き渡っておりますので、茶摘みのあとの一番茶を飲んだ時のふくよかな茶の香りを一首に詠じたものでしょう。

もとおりのりなが●一七三〇―一八〇一
小津定利の子。伊勢松坂の人。江戸時代中期の儒者、国学者。京都に出て儒学・医学を修め、松坂に帰って国学を学び、賀茂真淵に入門。平安文学の研究により「物のあはれ」を提唱、また『古事記』の研究によって復古思想を説いた。著述、門人ともに多数。

宿うづむ軒ばの蔦の色をみよ　三山のさとの秋のけしきに

一燈宗室

一燈はよほど「梅」が好きだったのか、若い頃は「梅含堂」の号を名乗っていました。それは裏千家八代となるべく養子に入る前のことだったと思いますが、その梅含堂の署名による梅画賛の一幅が伝来しています。梅一枝を描いた賛として、

大ふくや道諸ともに梅ひしげ

の発句を認めています。ある年の正月の発句ですが、兄であった表千家七代の如心斎宗左が「十一郎　左(花押)」と添書しています。十一郎とは一燈の幼名です。

覚々斎宗左の三男として誕生した十一郎が裏千家八代を継いだのは、兄竺叟宗乾《ちくそうそうかん》が没した享保十八年(一七三三)の十五歳の時でした。ちょうど町人経済が伸長し、茶道人口が増大する時期にあたっていました。そこで点前・作法を一度に伝授でき、しかも一味同心の稽古の心から茶の心までを学ぶことのできる新しい茶法「千家七事式」を考案したのが如心斎宗左と又玄斎一燈、さらに川上不白や住山楊甫などでありました。

三十三歳で兄如心斎を亡くしたあとの一燈は、千家中興の時期にあって三千家の牽引となって努力を重ねてまいりました。一燈には多くの好み道具がありますが、歴代の宗匠を含めて茶碗の「好み」はあまり見られません。その中で珍しい蔦の木を刳りぬいて塗った好み茶碗が一燈にあります。

後になると小川破笠なども一閑風にして好んで造りますが、木製の茶碗はこれが最初ではないでしょうか。一燈は箱の蓋表に「軒はの蔦　一燈好之（花押）」と書いてこの和歌を蓋裏に詠んでいます。珍しい好み茶碗であることがわかります。

いっとうそうしつ●一七一九―七一
裏千家八代。十五歳で家元を継承し、兄の表千家如心斎宗左の薫育を受けた。大徳寺玉林院の大龍和尚に参禅。今日庵の茶席を修復し、如心斎と無学和尚とともに七事式の制定に参画した。

いかにせん東の雪をふりすてて　古郷いそぐ都人かな

徳川斉荘

尾張徳川家十二代藩主であった斉荘は、実は徳川幕府十一代将軍家斉の十二子として文化七年（一八一〇）に生まれました。そして四歳で御三卿《ごさんきょう》の一家田安家三代斉匡《なりまさ》の養子となり、三十歳になるまで中納言として田安家を守っていたのですが、天保十年（一八三九）三月十二代将軍家慶の命によって尾張家を継ぐことになります。

ところで、田安斉匡の養子となって学問や諸芸の稽古に励んでいた時に、斉匡への茶道伝授のために度々江戸下向を繰り返していたのが、裏千家十一代の玄々斎宗室でした。玄々斎はまた、斉荘と同年の生まれであったため、斉荘は玄々斎に親近感を覚えていたようで、殊に尾張家の当主となってからはこの上もなく玄々斎を厚遇することになります。そのため、玄々斎もこれに応え、斉荘に真台子《しんだいす》の奥秘を伝授しております。尾張藩の学者細野忠陳による『天保会記抄本』に、次のような一文が載せられています。

秋のはじめつかた、玄々斎東にくだりて、我に茶の道たる道のおくまで伝へ終りて、

冬のなかば都へ帰りなんとす、いとど名残のおしまれて、又折しあらば東にくだれかしと、くりごとしつつ、よみて贈りける

いかにせん東の雪をふりすててふるさといそぐ都人かな

都辺の道みえぬまで白雪のふりかくしなばとまりもやせん

真台子《しんだいす》まで伝授してくれた玄々斎が京都へ戻ることになったときに詠じた和歌ですが、「又折しあらば東にくだれかしと、くりごとしつつ」詠じたというのですから、二首はともに、自分を捨て置いたままで帰っていく都人玄々斎への愛惜の情にあふれており、二人の交遊の深さが推察できるのではないでしょうか。

とくがわなりたか●一八一〇—四五
尾張徳川家第十二代。字は公臨、知止斎・金城山人と号した。諡号は懿公。将軍家斉の子だが田安家を継ぎ、さらに尾張藩主に迎えられた。芸文を好み、茶の湯を玄々斎に学び、尾張に初めて裏千家の茶道を導入した。

ふそくなれどわれが姿にならしませ　昔は達磨今は道八

織田道八

桃山時代の武将の中で最も興味ある人物は、と問われたら私は織田有楽《うらく》（一五四七―一六二二）の名を挙げることにしています。天下取りを目指した織田信長（一五三四―八二）の弟として生まれながら、天正十年（一五八二）に信長が憤死したあとには秀吉に仕え、さらには生き延びて家康にも仕えるしたたかさを持つ有楽は、中国の武将が「二君に仕えず」であったのとは違って三君を渡り歩いたのですから、面白い生き方ではありませんか。

ところが、有楽の次男として生まれた道八は、父親の生き方とはまったく違っていたため、ついに父親と決別して、河内に隠棲してしまいました。剃髪して雲生寺と号した道八は、のち京都東山に移って、現在は料亭左阿弥《さあみ》が占めている地域に居を定めます。のちには利休七哲にも数えられる父有楽との確執は解けたものとみえ、茶器も多く譲られております。有楽は建仁寺の中に正伝院《しょうでんいん》を建て、茶室如庵《じょあん》を営みますが、道八はそこにも度々訪れたことと思います。

さて、父有楽との仲違いの時期と考えられますが、道八が所持していた掛物の一つに顔輝《がんき》が描いた達磨の像がありました。ここに取り上げたのはその掛物に賛した一首の和歌です。達磨の像を掛けて、日々対峙していた道八が心情を吐露した一首と言えるのではないでしょうか。道八は坐禅のために足の萎えた達磨に自分の境遇を重ねたのでしょう。

おだどうはち●一五八二―一六二〇
　武士。名は頼長、秀長とも。織田有楽の次男で、のち剃髪して雲生寺と号する。歌道に造詣が深く、有楽の茶の湯を祖述した数寄者でもある。道八は法名。

茶の湯とはいか成物をいふやらん　墨絵に書し松風のころ

如心斎宗左

紀州徳川家の家臣横井淡所が「茶道の真の意味を教えていただきたい」と尋ねた時に、如心斎が答えたのが冒頭の一首であると伝えています（『茶話抄』）。御存知のとおり、如心斎宗左と又玄斎一燈はともに表千家六代覚々斎宗左の長男と三男であり、千家中興の宗匠と言われております。元禄時代を過ぎ、町人の経済力が江戸幕府にとっても無視できないほどになってくると、幕府はいろんな手段を使って町人の締めつけをはかりますが、新しい力をおさえることはなかなかできるものではありません。と同時に力を持った町人たちが新しい文化を身につけようとして千家茶道に入ってくるようになりました。こうして数が増大してきますと、その教授法も変化しないわけにはまいりません。そこで生まれたのが、点前、作法を一度に伝授でき、精神性をも盛り込んだ「千家七事式」でありました。これらを制定したのが、如心斎であり、川上不白であり、又玄斎であります。

さて、如心斎が茶の修行で大切なことは何かと言われた時に詠じた「墨絵に書きし松風のこゝろ」というのは、見えない先を見、聞こえない音をも見分け、聞き分ける心を養うことであると教えたかったのではないでしょうか。能で言えば「せぬひま」、絵で言えば描かない「余白」、茶道で言えば亭主の「心の奥」を理解できなければ、一座建立の茶はあり得ないということになるのでしょう。

じょしんさいそうさ●一七〇六―五一
表千家七代。表千家六代覚々斎原叟宗左の長男。紀州徳川家の庇護を得て、紀州侯から斎号を、大徳寺の大龍和尚から天然の号を受けた。家元を継承して宗左を名乗る。別号丁々軒・椿斎。七事式を制定し、八畳床付の花月楼を好んだ。利休百五十回忌に当たり祖堂を建立。表千家の中興。

手折来てめづるもあかじ咲く花の　衣にあまる袖の匂ひは

大徹宗斗

裏千家九代不見斎石翁は、不惑の年を過ぎた頃から茶道の家元としての活躍をする一方、詠歌や絵画の世界にも没入していきました。歌の師匠となったのは従一位権大納言日野資枝卿（一七三七―一八〇一）であり、絵の師匠は幕府の絵所預土佐光貞（一七三八―一八〇六）でした。さらに連歌師の里村昌逸とも親交しています。不見斎が「石翁」の号を戴いたのは大徳寺三八二世の独翁紹愼《どくおうじょうしん》（一七一四―七五）ですので三十歳の頃と考えられますが、その後の参禅は独翁の弟子であった大徹和尚でした。

この一首は茶の湯道歌とは言えませんが、不見斎と大徹和尚との出会いを語ってくれますので取り上げてみました。この歌が書かれているのは不見斎作の茶杓の筒裏です。筒の表面には不見斎が禅語の一句「弄花香満衣」を書いて銘としております。そのために禅僧である大徹が、

手折来てめつるもあかし咲花のころもにあまる袖のにほひは　蝸庵録之

と和歌一首を添書したのでしょう。花の香りが袖からにおい出てくるような禅語とそれに呼応する和歌です。

人と人の出会いの面白さを見せてくれる茶杓と言えるのではないでしょうか。

だいてつそうと●一七六五―一八二八

大徳寺第四三〇世住持。摂津の人。四〇七世大順宗慎の法を嗣ぐ。諱は宗斗。尼崎栖賢寺に住し、住吉般若寺を兼務。東海寺輪番。

一杯の番茶に咽喉をうるほして　また読みつづく日蓮の文

吉井　勇

歌人吉井勇の名を聞いてすぐに思い浮かぶ一首と言えば、明治四十三年（一九一〇）の処女歌集『酒ほがい』に収められた、

かにかくに祇園はこひし寝るときも枕の下を水のながるゝ

の和歌でしょう。冒頭の歌は昭和九年（一九三四）の歌集『人間経』に収められた一首です。勇は日蓮宗の信者ではなかったかと思わせるものがありますが、寡聞にしてその事実は知りません。しかしながら今まで熱心に読み続けて疲れた目とからだを、一杯の番茶を飲むことによって癒され、さらに読みはじめた姿を彷彿とすることができます。

よしいいさむ●一八八六―一九六〇
歌人、劇作家。東京生まれ。早稲田大学中退。北原白秋、木下杢太郎らと「スバル」を創刊し、耽美的な歌風作品を発表。戯曲では好んで市井の遊芸人を描いた。歌集『酒ほがい』、戯曲集『午後三時』、『俳諧亭句楽』などがある。

いづくにか踏み求むらんそのままに　道に叶へる道ぞ此道

井伊直弼

井伊直弼と言えば『茶湯一会集』ばかりが有名になっているため、その中の「一期一会」や「独座観念」の語は人口に膾炙されておりますが、「三言四句茶則」を御存知の方は、それほど多くはないと思います。通常禅僧の偈は四句を以て示すものですから、偈のことを称して「四句」といいますが、直弼はこれを三語で説き四首の和歌を添えたために「三言四句」と言ったものと思います。

さて、初句は「茶非茶」（茶は茶にあらず）という否定の世界です。直弼は『入門記』の冒頭に「今天下泰平の時に当りて、人々快楽に耽り、此道の本意をやや失ひ、只富者の玩《がん》弄物《ろうぶつ》、現在の茶道は利休居士以来の本来の茶ではないと言って嘆いておりますが、それを初句に表現しております。そのために直弼は着歌として、

散りかかる池の木の葉をすくひ捨て底のこころもいさぎよき哉

と詠じました。万物を否定し、一切を捨て去ってしまえという意でしょう。

二句目は「非非茶」（茶にあらざるにあらず）という二重否定です。それは強い肯定へといざなう道程であります。着歌は、

さわがしき軒のあられもないとひそ閑《しず》かなる夜の友ならずやは

というものです。うるさいと感じるほどに軒に落ちてくる霰の音も、考えてみれば閑かな夜の友人ではなかったろうか、と気付かなければならないといった意です。ありのままの「露堂々《ろどうどう》」で居ることが、人間としての知足を感じさせる世界だと言っているのでしょう。

三句目は「只茶耳」（ただ茶のみ）という完全肯定の世界であります。着歌が冒頭の一首です。自己を透徹して、究極にわび茶の世界があったことに気付いてみると、何ら他を求める必要はなく、ただ点茶三昧に没入すればよいと考えたものに違いありません。

最後は「是名茶」（是を茶と名づく）という到達点であります。着歌は、

あらはれて見えばこそあれ峯の花谷のつつじもへだてあらじを

といいます。花もつつじも咲いているこちらの山から、彼方の谷を見やった時、たとえ目には見えなかったとしても、花やつつじは咲き誇っているものであって、見えないからといって無いわけではないというものです。見えるからあるのだという虚実の世界を考えるのは凡人であって、見えない世界をこそ見えるようになることが大切だと言っているので

す。そのためには何も珍しい世界ばかりを求める必要はなく、この日常の中にこそ茶の心があったと気付くのが重要だということでしょう。

いいなおすけ●一八一五―六〇
近江彦根藩主。兄の早世で家督し、掃部頭に叙任。のち大老となる。法号宗観・宗黛、別号埋木舎・柳王舎・緑舎・澍露軒・無根水。若年より茶の湯に傾倒、『茶湯一会集』『入門記』『閑夜茶話』などを著し、好み道具も多い。安政の大獄が因となり万延元年（一八六〇）、江戸城桜田門外で水戸・薩摩の浪士に斬殺された。

恋するに頭の髪は白炭の　丞殿《じょうどの》とこそ我はなりぬれ

糸屋公軌

糸屋風通と言えば、名物裂《めいぶつぎれ》の一種として知らない茶人はいないくらいに有名です。それを所持していた人は糸屋宗有という利休門下の茶人ですから、宗貞はその一族と考えられます。公軌は父宗貞と共に米問屋を営んでいたと思われますが、京都に移り住んでからは木下長嘯子《ちょうしょうし》の門に入って歌を学んでいます。その一方で安楽庵策伝とも交遊を持ったらしく、贈答歌が残っております。それは「寄白炭恋」と題されています。策伝が、

恋侘て我がをきあかす白炭のいけるかひなき丞とこそなれ

と詠じた一首に対して、公軌が、

恋するに頭の髪は白炭の丞殿とこそ我はなりぬれ

という返歌を詠んでいます。自分の想いが通じないために生きる気力もなくなっているという感懐を、尉《じょう》となった自身の頭と白炭とにかけて詠んだものです。現実の恋とは別物でしょうが、白炭と尉の髪の白さとを縁語とした文学性に富んだ一首ということができるで

しょう。ちなみに「じょう」とは白くなった炭の焼きがらのことです。
この歌自体は、茶の湯道歌というわけではありませんが、茶の白炭を詠じたものと考えてよいのではないでしょうか。すなわち、策伝や長嘯子と交遊を持った公軌は教養人として茶会を楽しんでいたと考えられます。

いとやきんのり●生没年不詳
江戸時代初期の豪商。本姓打它、名は十右衛門、公軌と号した。父宗貞は飛驒高山で金森長近に仕え、のち敦賀で廻米問屋を営んだ。その後父と京都に移住、秋田藩の御用宿を営んだ。和歌を木下長嘯子に学び、茶の湯もよくし、鷲月庵を建て、名物を所持した。

数寄の道を一子相伝のこりなく　つたえしほどに常にたしなめ

藪内剣翁

この一首は、藪内家が秘蔵する一軸に認められた道歌です。一首の後に「寛文拾壱年五月吉日　同紹与　参　藪内紹智（花押）」と書かれていますので、剣翁六十九歳、息子剣溪が十八歳を迎えた寛文十一年（一六七一）五月であることがわかります。

剣翁の茶の湯執心について次のような話が伝えられています。ある夜明けに出火騒ぎが起きました。それを聞きつけた友人、知人が心配して駆け付けたところ、内儀はのんびりとした顔で「剣翁は夜の明けないうちに用事ができて宇治へ出掛け、ただいま留守でございます」と言います。そこで火事見舞に来た人たちは、「火元に近いので安全を考えて道具などは持ち出されたほうがよいでしょう」と言って片付けはじめました。そして燕庵の中にも道具があるかもしれないと思って入ってみると、風炉《ふろ》に釜が懸けてあってておりがしてあります。覆いを取ってみると、風炉釜にぬくもりが感じられます。釜を上げて風炉の中を見ると、胴炭へ灰をかけて埋火《うずみび》になっています。その場へ集まってきた人たちは、「この様子では暁方、宇治へ行かれる前に、はやくも小間の中で茶を点てて出掛けられたものと思える。夜中であっても釜を懸けて一服飲んで出掛けられるとは、これこそまことの数寄者ということができますね」とその茶道執心ぶりに感じ入ったということです。

こうした剣翁であったればこそ、次代を担う十八歳の長子剣溪に冒頭のような一首を与えて茶道の厳しさを伝えようとしたのではなかったでしょうか。剣翁は十八歳を迎えた長子に、剣仲以来の藪内家の茶法を一子相伝として皆伝したことがわかります。

やぶのうちけんおう●一六〇三―七四
藪内家三代で、二代真翁の子。名は宗利、字は休甫。蹴鞠や香を嗜むなど、風流を好んだ。長子・剣溪は四代。次男の了智は肥前鍋島家に仕え、鍋島藪内了智派を興した。

行先も又行きさきもでくる坊の　糸きれぬれば元の木の切れ

通円

宇治川のたもとにある通圓《つうえん》茶屋と言えば、狂言の「通円」の舞台としても知られております。この通円は、宇治橋供養に訪れた善男善女三百人ほどが茶を飲もうと集まり、その人たちに茶を点てようと争って点てているうちに点て死にしたと言われる人物です。しかし、通円の書いたものが現在に伝わっているかどうかとなると難しいかもしれません。なぜなら江戸時代初期でも真筆は大変珍しいものだったからです。

俳聖松尾芭蕉と同時代の著名な俳諧師池西言水《いけにしごんすい》（一六五〇―一七二二）が、通円の辞世と言われる一幅を見出し、大徳寺真珠庵宗賢（一六四六―一七一五）に見せに行きました。これを見た宗賢は「珍奇なお軸だが、売りものですか」と聞くので「いや只今掘り出して来たのです」と答えました。すると宗賢は「通円のものを自分も初めて見たが、紙も墨も真筆に間違いない」と言って、今はお金の持ち合わせがないので、床に掛かっている雪舟の掛物と交換してくれと熱心に頼みます。言水は最初はその話を信用しませんでしたが、あまりの執着なので承知することにしました。すると宗賢はこの雪舟を後藤宗伴が是非にと欲しがっているので、そこへ持って行って売るようにと言います。座興かと思っていた言水はそれを預かって宗伴の許へ行くと大変喜び、八十両を渡したということです。通円の辞世が雪舟の軸と交換され八十両にまで上がったというこの話を聞いても、読者諸賢は絶対に真似はなさいませんように。また古美術商が言う「初めて出ました」ということばほど危ないものはありませんので甘言に乗ってはいけません。念のため。

ところで、通円の辞世は、一服の茶に心をこめて点てる生涯最後の境涯を賦した七言二句「一服一味一期中　最後一念雲脚淡」に対し、まもなく霊《たま》の抜けた操り人形と同じになる自分の身とを合わせて末期の心境を詠じたものです。

つうえん●生没年不詳
僧、茶人。宇治橋東詰に住し、売茶を業とする。通圓茶屋元祖。秀吉に宇治橋三の間の水を汲んで茶を呈したと伝えられる。

手柄かなふるき茶入に見まがひて　重宝しける万ゑもんやき

安楽庵策伝

安楽庵策伝と言えば落語の創始者として知られています。それは千話以上もの説話や伝承、世俗譚などを収めた『醒睡笑』という本を出したことによっています。浄土宗西山派の大本山誓願寺の住職であった策伝は、説教をするための種本として多くの笑話を集めていたものと考えられていますが、寛永五年（一六二八）にそれを京都所司代板倉重宗に献じたと言われます。安楽庵は隠居したあとの茶席名であり、そこに多くの茶友を招いて数寄雑談を楽しんだのではないでしょうか。しかし現在残されているのは遠州の会に招かれたり、近衛信尋や遠州、松屋久重などを招いた十回ほどにすぎないのは残念でなりません。その一方、策伝が若い頃から集めた椿は百種にも及んだと言われ、隠居後に『百椿集《ひやくちんしゆう》』を著しています。

策伝が所持していた茶道具としては安楽庵釜、安楽庵裂などが知られていますが、その中の一つに万右衛門作の瀬戸茶入があったようです。『策伝和尚送答控』という歌集に「万右衛門やきの茶入を」という詞書のあと、この一首が詠まれています。万右衛門は瀬戸後《のち》窯《がま》の作家とされますが、『茶器弁玉集』（一六七二年刊）や『万宝全書《ばんぽうぜんしょ》』（一六九四年刊）に名前が出るのが早いほうですから、策伝の歌の中に詠まれたのが最も早い例ではないでしょうか。歌意は、今出来の新しい茶入であるはずの万右衛門焼が、古いものの中に混じり入っても間違うほどの上手として重宝しながら使っています、というほどでしょうか。

あんらくあんさくでん●一五五四—一六四二
僧侶、茶人、笑話作者。落語の祖と称される。美濃国に生まれ、幼少で出家、禅林寺智空甫叔上人に師事した。号は安楽庵、惺翁。京都誓願寺竹林院開山、住職。茶室「安楽庵」を構えて隠居、松花堂昭乗、小堀遠州らと交わり、茶器・書蹟を多く収蔵して『安楽庵名物帳』を残す。『醒睡笑』を著した。

貧乏の神の社は数寄屋にて　茶の湯はやがて湯立なりけり

浅井了意

江戸時代初期最大の仮名草子作家として知られる浅井了意の作としては『御伽婢子《おとぎぼうこ》』や『京雀』などが有名ですが、その中の一つに『浮世物語』という作品があります。『浮世物語』は前後の二編からなっていますが、この一首は後編の四「茶の湯を戒めたる事」に載る歌です。侍は武を忘れず、忠を以て仕えよと説く浮世坊は、主君たるものは奢りをやめて年貢を軽くし、みだりに家臣を責めないように戒めるという話で内容が進んでまいります。

浮世坊が茶の湯を戒めるのは、「今の世の数寄は栄耀《えいよう》を本《もと》として奢りを極め」ているからで、茶器の高値がその典型だ、と言っています。そして、釜は甲《かぶと》の代理にならないし、茶杓は槍にならないものだから買う必要はないと主君を戒め、道具屋を追い返します。そして詠んだ歌が、この歌でした。災厄を払うために行われる湯立の神事は、備中の吉備津神社の「釜鳴」の祭祀として『雨月物語』に取り上げられて以来、殊に有名になりました。私もかつてお祓いに参りました折、釜が鳴れば災厄が除かれるが、鳴らないと厄がついたままですと言われて恐る恐る臨みました。年たけた巫女が籠に入れた洗米を釜の中に入れて揺すると大鳴りに鳴ったので大安心した記憶があります。この神事の場は、数寄屋と同じであって、何の飾りもないここにこそ花も紅葉もない苫屋の「豊かな心」の世界があるのですよと言ったものに違いありません。

あさいりょうい●一六四〇―一七〇九
京都の人。字は子石、号は静斎・如儡子・松雲・又瓢水子。黒谷に住した。『江戸名所記』『京雀』『大和二十四孝』『本朝女鑑』などの著作が知られる。

みめぐみに今日は庵りを我がものと　遊ぶ心地や旅としもなし

竹川竹斎

裏千家十一代玄々斎精中は、三河国奥殿の大給《おぎゅう》松平家の出身であったため、京都と三河を往復する度に立ち寄っていたのが伊勢松坂射和《いざわ》地方でありました。嘉永六年(一八五三)のことです。四十四歳を迎えた玄々斎は射和白粉で大きな財をなした竹川竹斎のもとを訪れています。玄々斎は竹川家の「吉葛園《よしづらえん》」の扁額を認めたり、床の違棚に酔中にてと書いて「月白風清」の四字を狩野派の絵の上に大書したりして楽しんでいます。

玄々斎と竹斎との交遊がいつから始まったかは不明ですが、内弟子の深津宗味を早くから遣わして茶の稽古にあたらせています。また竹斎が玄々斎のもとを訪れて唐物点《からものだて》の伝授をいただくことになったのは嘉永元年四月のことでした。四月十二日に射和を発った竹斎は、十七日に京都へ到着します。

そして四月二十一日に玄々斎の招待を受けて今日庵を訪れ、丁重なもてなしを受け、五月二十五日には玄々斎の好意によって裏千家を拝借して大宗匠を正客とした茶会を催しています。竹斎は茶通箱《さつうばこ》を使って二種の茶を点てたようで、無事に茶会を終えることができた竹斎が詠んだ歌がこの一首です。記録では、

茶はこの器もて二種の茶の湯なしけるとき、
ちやてふことを物の名にして申奉る
　ミめくミに今日は庵りをわかものと
　あそふこゝちや旅としもなし

とあります。濃茶・薄茶を二種の茶で点てた竹斎は、その「ちや」を一首に詠み込んだ物名歌にしております。伊勢の地から上京してきた竹斎にとって旅は疲れるはずのものであったのに、玄々斎の配慮によって心地よく今日庵の茶席の亭主となった喜びがあふれている一首と言えます。それに対して玄々斎は、

斯《かく》詠せられしも嘉永改元仲夏末の
五日今日庵にて竹川緑麿主催しに
竹山彦之輔殿と我等と客方になりける
其風情の深き事海山なれは
　戯に口すさみて

めつらしやわか菴なからたけかはに
きぬるこゝちや今日の楽しさ

と書き添えています。玄々斎にとっては自宅である今日庵での茶会なのに、射和の竹川家に招かれたような気分でもてなしをいただきましたよということを、諧謔歌風に詠じたものです。

たけかわちくさい●一八〇九―八二
伊勢の豪商・東竹川家の七代目。幼名馬之助、通称新兵衛、名は彦三郎政胖。家業のかたわら、射和村の土木工事や射和文庫の創設、万古焼の復興に奔走する一方、茶の湯を裏千家十一代玄々斎に学び奥義に達し、隠居後は竹斎と号した。また、勝海舟との親交も知られる。

一物もなきをたまはる心こそ　本来今のちやのこなりけれ

蜷川新右衛門

テレビアニメ「一休さん」に登場する美男子の武士、新右衛門さんは、『一休諸国咄』に登場して有名になったものですが、実話かどうかの断定はしにくいところがあります。蜷川家は、代々新右衛門を名乗っているようですが、この新右衛門は蜷川智蘊《ちうん》ということになっております。智蘊は諱《いみな》を親當《ちかまさ》といい、足利六代将軍義教に仕えて、政所も務めていますが、歌人としてのほうが知られています。連歌の世界では七賢中、高山宗砌《そうぜい》に次ぐ地位を得ていたほどです。享年がわかりませんので、一休和尚（一三九四—一四八一）との年齢の違いも不明です。しかし『竹林抄』には百六十七句、『新撰菟玖波集』には六十六句も採用されているので、その名声の程も推し量ることができます。一休の歌で知られる、

門松はめいどのたびの一里塚馬かごもなくとまりやもなし

の歌は、親當との四十三首の『道歌問答』の冒頭の一首です。ちなみに最後の一首は親當が詠んだ、

やけば灰埋《うず》めば土となるものをなにかのこりてつみとなるらん

で、人間は死んでしまえば罪も罰も消えてしまうものだということを教えているのです。だからといって、生きている間は何をしてもよいというわけには参りませんが。

大徳寺五六世の実伝宗真《じつでんそうしん》（一四三四―一五〇七）は消息を残しており、全文は以下の通りです。大変面白いので、ご紹介しておきましょう。内容は新右衛門が初めて一休和尚の庵室を訪ねて、「仏法修行の大道」を承りたいと言った時の問答が書かれています。

休云　国ハイツクノ人ソ　和尚と同国
同　国ニハ何事モ無キカ　鳥ハカウ〳〵雀ハチウ〳〵
同　常ニ出行スル所ハ　紫野そめて
同　何ト染テ有ソ　をハナあさかほふちはかま紅菊紫蘭トそめて候
同　散テノ後ハ　宮城野ノハラ
同　腹ニハ何事カ有　山ハなし風ハ吹て涼し
同　門に入茶ヲ　一休当哥
　なにかなと思ふ心ハかよへとも達マしうにて一物もなし
蜷河祝当返哥

一物もなきをたまハる心こそ本来今のちやのこなりけれ

文明第三暦萬秋吉辰　前大徳　実伝叟（花押）

私にはこの問答の妙味はわかりませんが、一休和尚が自分の所へ訪ねてきても何も与えるものはないぞと言ったことに対して、新右衛門が詠じたのが冒頭の一首です。「何物もいただこうとは思いません。この『茶の子』だけが私の手元に残っているということで充分です」ということでしょう。茶の子は点心とも茶の壺《こ》ともとれますが、いずれにしても新右衛門の心の内は「壺中日月長」のような心境であったのでしょう。詰まっていれば、何の役にもたたない壺が、空っぽであるからこそ、いくらでも入れることができるように。

にながわしんえもん●?—一四四七

室町時代の連歌師。武術に精進し、足利幕府に仕えた。和歌は招月庵に学び、連歌は高山宗砌を主とする七賢の一人。晩年は一休和尚に参禅した。

旅人にめさまし草をすゝめずは　野上の里にひるねをやせん

一条兼良

平安時代の朝廷の儀式を記した書は『延喜式』や『江家次第《ごうけしだい》』がありますが、南北朝の混乱でわからなくなってしまいました。そのために研究を続けて『公事根源』と題する儀礼書を著したのが、有職家《ゆうそくか》兼良でありました。

兼良は古典の評釈などにも力を尽くしておりますが、応仁の乱のために都を避けて奈良に十年余りも住んでいました。文明五年（一四七三）になって美濃国へ下った時の紀行文が『ふじ河の記』です。奈良を五月二日に発ち、醒《さめ》が井《い》、柏原を経て藤川、不破《ふわ》の関に至りますが、途中の野上で古代の壬申の乱を偲んでおります。その野上で詠んだのが冒頭の一首です。一文は、

野上の茶やにこしをたてて又ざれうたを

旅人にめさまし草をすゝめすは野上の里にひるねをやせん

というものです。戯れ歌と書いていますので、旅人である私に茶屋の主人が茶をすすめて

くれないので、昼寝でもするしかないな、とでも言っているのでしょう。関竹泉（竺僊）は『茶《ちゃ》話《わ》真《ま》向《むきの》翁《おきな》』で、この一文を引用して、茶の別名を「めさまし草」と言い出したのはこの歌からだと言っております。それが正しいかどうかはわかりませんが、室町時代中期の頃には田舎の峠茶屋でも茶を出していた様子が窺える好史料です。但し、この茶が抹茶なのか、渋茶なのかはわかりません。

いちじょうかねよし（かねら）●一四〇二―八一
関白経嗣の第二子。関白太政大臣、氏長者。博学多才で古典・仏教・神道・和歌に通じ、『尺素往来』『公事根源』『花鳥余情』など多くの著がある。桃華老人などと号す。

伊勢人の心さしとてすゝか山　ふりすてがたきこの茶筅哉

三条西実隆

　三条西実隆と言えば、古今伝授を受けた当代一の歌人ですが、茶道のほうから言えば武野紹鷗の歌の師匠であったことを第一に取り上げるべきでしょう。

　新五郎と名乗っていた紹鷗は、若い頃から和歌を好み、堺から京都へ上ってからは実隆の門をたたき、歌人としての修業を続けていました。『実隆公記』には新五郎が度々屋敷を訪れては酒や肴の土産を持参してくれた様子が書かれています。『山上宗二記』にも「紹鷗は三十歳まで連歌師であった」とあります。実隆から藤原定家の『詠歌大概』を伝授されて、わび草庵茶の精神を体得したと言われます。それが「正直につつしみ深くおごらぬ様」という紹鷗のわびの心でありました。

　冒頭の歌は実隆の歌集『再昌草』第十一巻に収められた永正七年（一五一〇）二月の一首です。「北畠宰相入道宗威文おこせたる次《ついで》に、茶せんを送りしかは、戯《たわむれ》に申侍し」と詞書して冒頭の一首が書かれています。

『実隆公記』の同年二月二十五日の条に、「北畠宰相入道有消息　鯨荒巻　貝蚫　茶籤等送之」とある一文と呼応します。それによれば北畠安威からきた手紙とともに鯨の荒巻と蚫貝《あわび》と茶筅が送られてきたことがわかります。その返礼に添えた誹諧歌が冒頭の一首です。伊勢の国司である北畠氏から、何かの依頼をこめた手紙が鈴鹿山を越えて送られてきたのでしょう。茶筅の運命と言えば茶を点ててしまえば用はないのですが、とはいえ何となく捨て難いこの茶筅であることよ、というほどの意味です。一首の中の鈴鹿山には、茶筅がすす竹であったことを想像させる意もこめているのではないかとも思いますが、いかがでしょうか。茶道成立以前の茶筅の記録は大変少ないので、この一首などは茶の湯史料としても重要なものと言えます。

さんじょうにしさねたか●一四五五—一五三七
室町時代後期の公卿・歌人・学者。三条西歌学の祖。飛鳥井家に和歌を学び、宗祇より古今伝授を受け、一条兼良に次ぐ中世和学の権威。法名堯空、号は逍遥(院)、雅号聴雪。武野紹鷗の茶の湯が変化していくうえで、大きな影響を与えた人物と目される。

手初めとおもほへぬまでなれ給ふ　そのたてまへにわれは見とれぬ

神谷保朗

千政之輔と称していた裏千家十四代無限斎宗匠が歌人神谷保朗について和歌を習いはじめたのは、茶道界初の雑誌「今日庵月報」が発刊された明治四十年（一九〇七）三月一日のことでした。政之輔は同年八月号の「今日庵月報」に、

あさまたき起きて分け入る秋の野に袖ぬらすなり露のいろいろ

と詠んでいます。

政之輔はその後も長い間、神谷保朗について和歌の勉強に励むのですが、保朗は本居宣長の流れをくむ国学研究者で、『日本歌学史』の書を著しています。保朗は京都大学の国文科の学生であった頃から茶道を習いはじめたらしく、裏千家十二代又妙斎宗匠、妻真精院に指導を受けるかたわら、真精院をはじめ円能斎夫妻もともに和歌の添削を受けておりましたので、無限斎夫妻も引き続き和歌を学ばれるようになりました。

その一方で保朗は「今日庵月報」の編集員にも加わりましたが、老齢に達してからは岐

阜県本巣郡蓆田村に隠棲し、露之舎と称しながら、清和会という会をつくって裏千家茶道の指導をし、淡交会の支部長も務めます。

ところで政之輔が同志社普通部を卒業して玄句軒永世を称するようになった明治四十四年、卒業してすぐの四月一日、永世は寒雲亭において初めての茶事を催しました。そのときの客の一人が神谷保朗であり、その点前を拝見した師匠の詠んだ歌がこの一首です。和歌の指導をするかたわら数寄者としての活動をしていた保朗が、裏千家の次代を担う若き宗匠の船出に目を細めている様子が思い浮かぶような一首です。

かみややすろう●一八七三―一九五二

国学者。歌人。円能斎夫妻、無限斎夫妻の和歌の師。「今日庵月報」編集にも関わり、また茶道を又妙斎、真精院に学び、後年、淡交会岐阜支部の支部長を務めた。

なべて世にかをりみちたるこのめかな　栂《とが》の尾《お》山に植つきしより

加納諸平

国学者として和歌山藩に仕えた加納諸平は『枕草子注釈』や『万葉名所集』などを著していますが、最大の仕事は歌集『類題和歌鰒玉集《ふくぎょくしゅう》』七編十四冊の編集です。本歌集は文政十一年（一八二八）に初編が出版されて以来、嘉永七年（一八五四）に七編が出版されるまでの二十六年間の長きにわたって編集が続けられたことになります。

諸平は医学を学ぶ一方で、句詠は中山美石《うまし》、国学は本居大平に学んで名をなし、安政三年（一八五六）には和歌山藩の国学所総裁に就いております。

この和歌は『鰒玉集』第五編に収められた自詠の一首です。「茶」と題した一首には、明恵上人が栂尾山高山寺に茶を植えて以来、現在に至るまで連綿と香りが続いている伝播の様子を詠じたものであります。ちなみに「このめ」とは茶葉をあらわす女房言葉です。

諸平の『鰒玉集』に石川依平（一七九一―一八五九）の「茶湯」と題する一首が記載されています。

茶湯

波風におとはかよへとかまの湯のわきてしつけきすさひなりけり

遠州佐野郷で三代続いた大庄屋の家に生まれた依平は、九歳で冷泉為章《れいぜいためふみ》に入門して、幼時から歌に秀でたことで知られていました。長じてからは国学に志して本居宣長の子春庭に学び、多くの国書・歌書を著しています。歌道の門人は三百人を越えたと言われ、近藤芳樹・加納諸平とともに「二平一樹」と称せられています。

「茶湯」と題した表記の一首は、わび茶の本質を巧みに詠み込まれています。幕末近くなって勤皇や佐幕と、多くの争いが起きていますが、茶道を学べば心が慰められているという感懐を詠じております。「すさび」とは「遊び」のことで、心慰む技のことです。

かのうもろひら●一八〇六―五七
江戸時代末期の歌人・国学者。名は兄瓶、通称小太郎、また柿園と号した。父の夏目甕麿は本居宣長の門人。歌集に『秋風集』『柿園詠草』がある。

すくいたまへまきたまへ　こころのちりをおさへたまへ

野村得庵

野村得庵は自作の黄釉手の灰匙《はいさじ》の箱書に「自作灰匙自詠和歌一首」と書いて本体に自詠の一首を削り込んでいます。得庵の所蔵道具は野村美術館に展示されていますので周知のことでしょうが、別邸としての碧雲荘《へきうんそう》も小川治兵衛（植治）作の庭園としてつとに有名です。得庵が好んだ碧雲荘は中心に大きな池が設けてあり、舟遊びができるように構成され、そこから岸へ上がったところで茶の湯が楽しめるように茶席構築がされています。植治の話では職人の庭園ではこれほどの大胆な構成はできないと唸《うな》ったとのことですが、得庵の大人振りが窺えて楽しくなります。得庵はここで度々茶会をくり返しています。

ところで、得庵がいつごろから作陶に興味を持ちはじめたかについては伝記『野村得庵』（三巻）にもあまり触れていませんが、面白い小物類の手造りは度々目にすることができます。たとえば昭和二十四年四月十六日の碧雲荘における得庵の三回忌追福茶会において、花泛亭《かへんてい》の薄茶席で炭道具一式が荘られた中に、

灰匙　得庵翁於瀬戸手造

狂歌南無杓子云々

と書かれています。翁手造になる瀬戸釉の灰匙であることがわかります。そこには「南無杓子云々」の歌が削り込まれていたのですが、それと一対になる灰匙が本器ではなかったでしょうか。この匙には灰を世塵とみて、「すくい給えまき給え、心の塵を押さえ給え」という諧謔歌が一首削られており、雅味あふれる灰匙に仕上がっています。

のむらとくあん●一八七八―一九四五

本名徳七。実業家。五十代で証券界に重きをなし、野村財閥の確立を果たす。茶の湯だけでなく、能楽・画技にも造詣が深い。茶の湯は藪内流を学び、のちに竹窓紹智から皆伝を受けた。

遠州と思ひの外の三斎で　世々の笑ひの一節となる

団　琢磨

王子製紙の藤原銀次郎と言えば、益田鈍翁や根津青山、畠山一清などと並ぶ近代の大数寄者として知られています。大正十年（一九二一）三月、銀次郎は麻布新網邸暁雲庵において連日の茶事を催していますが、団狸山が正客となったある日の茶事でのことです。末客は東都の美術界では筆頭の元老梅沢鶴叟が務めています。

さて茶事が進行して茶杓が出てきたところで、鶴叟は「茶杓は作者の魂の現われるもので、其人《その》柄に依《よ》って手癖があります」と言って、櫂先《かいさき》や切止《きりどめ》の説明をしたあと、間違いなく遠州の茶杓ですと断言してしまいました。皆が口々に「それは箱書などを見ないとわからないのではないですか」と言ったのに対して、鶴叟は禿頭を左右にふりながら、「いやいや、この茶杓がもし遠州でなかったらば、私は明日から茶道具屋の看板をはずします」と公言したから大変です。一同が楽しみにしながら筒と箱書を見たところ細川三斎の茶杓であったために、鶴叟はまっ青。看板をはずさねば二枚舌になってしまうのを、皆の温情

でようやく許されたのを見た団翁は、
　遠州と思ひの外の三斎で世々の笑ひの一節となる
と苦吟《くぎん》したところで、一座大笑いになってようやく収まったと高橋箒庵は『大正茶道記』に書いております。近代の数寄者たちの茶道を介した楽しい語らいと数寄雑談が聞こえてきそうです。

だんたくま●一八五八―一九三二
　実業家。福岡藩士の子。狸山と号す。アメリカ留学後、工部省官吏を経て三井鉱山会長・三井合名会社理事長などを歴任して男爵に叙せられた。フェノロサと親交して古美術に関心を寄せ、また益田鈍翁・原三溪・馬越化生らと茶を介して交わり、光悦会にも協力。血盟団員に狙撃され非業の死を遂げた。

梶の音松のひゝきもかをるなり　宇治栂尾のこのめ春風

佐々木弘綱

佐々木弘綱は十七歳の冬から春にかけて千首の歌を詠んだと言われるほどの歌詠みでした。その一方で国学研究にも力を注ぎ、没するまでの著述は三十余種にのぼると言われます。二十歳で宇治山田の足代弘訓《あじろひろのり》の寛居塾に入り、さらに歌学を修めて四年で塾頭となっています。その後津藩主藤堂高猷《たかゆき》に国学などを講じており、明治時代に入ってからは松坂に居を移して鈴《すずの》屋社《やしや》監督となったり、東京大学の教員にもなっています。

冒頭の一首は弘綱が編集した『類題《るいだい》千《ち》船集《ふねしゆう》』に収められている和歌で、他には弘綱の妻須磨が、

　茶摘

宇治山のこのめはる風のとかなり里のをとめ子今やつむらん

と詠み、松田直兄《なおえ》（一七八三―一八五四、上賀茂神社神職、賀茂季鷹《かものすえたか》の門）が、

　茶摘

いつこまで明かよふらん宇治山のこのめつむなり袖の春風

と詠んでいます。弘綱の一首は「茶」と題して詠まれたもので、茶畑に吹くさわやかな春風を詠じています。

ささきひろつな●一八二八―九一

国学者。歌人。伊勢の人。竹柏園と号す。足代弘訓の門に入り歌学を修め、歌学を教授した。子に信綱、昌綱がある。『古事記歌俚言解』『日本紀歌俚言解』『万葉集俚言解』『枕詞便覧』などの著書がある。

衣食住道具も露地も奢りなく　誠意を励む茶味の明くれ

玄々斎宗室

裏千家十一代玄々斎が明治五年（一八七二）七月に京都府知事・長谷信篤に提出した「茶道の源意」という建白書があります。これは明治政府が茶道を芸能と位置づけようとしたことに対して、茶道界の長老であった玄々斎が代表して提出した意見書でした。この建白書は、茶道が儒教の教えを基礎にして成立、発展した精神文化であって、単なる遊芸ではないことを明らかにしたものであります。

玄々斎は当時六十三歳になっており、前年には旧藩主松山県知事・久松勝成と尾州家に対して隠居願を出して、婿養子の又妙斎玄室に家督を譲ったばかりの時期でありました。隠居後の悠々とした心境を詠じたのが冒頭の一首ではなかったでしょうか。三河国奥殿領主大給《おぎゅう》乗友の子として生まれ、十歳の文政二年（一八一九）に裏千家十代認得斎の婿養子として迎えられた玄々斎は、幕末維新の動乱期を乗り切り、裏千家を磐石なものにしてきた境涯の中から「誠意」の重要さを感じてきたものに違いありません。

玄々斎には茶を詠んだ多くの歌がありますが、透徹した玄々斎の心の世界を表現した一首として、この和歌を取り上げることにしました。

げんげんさいそうしつ●一八一〇―七七
裏千家十一代玄々斎精中。立礼式の点前を考案、多くの年忌を催し、裏千家を一変させる作事をなすなど、近代裏千家の礎を築いた。

一ふくはひき茶にて候一重は　ふと思ひよりまいらするなり

木下長嘯子

江戸時代初期の武将歌人、木下長嘯子が沢庵和尚(一五七三—一六四五)へ送った一首です。字余りの和歌ですが、藪内竹心の『源流茶話』に表記の一首の詞書として、

右之歌、沢庵和尚へ茶一器、麩一重を送り給ふとて

と記されています。長嘯子と沢庵の淡々とした交流の跡を知ることができて興味深いものです。茶通箱《さつうばこ》にでも入れた挽茶《ひきちゃ》一器と重箱に入れた生麩を送られた沢庵が、麩を食したあとの一服を楽しんだ様子が彷彿とします。同書には長嘯子が竹檠《ちくけい》に直書したという一首が紹介されています。

なかき日もやゝくれ竹のともし火は世々の玉づさ猶てらせとや

長嘯子は小浜城主まで務めた武将ですが、隠棲してからは『挙白集』や『長嘯子文集』を残すほどの歌人・文人として活躍しているのは周知の通りです。縁語と懸詞とを巧みに使った右の一首は、なまなかの歌詠みでは叶わない歌でしょう。竹檠に火をともす日暮れ

時になって、見えにくくなった手紙が読めるように世の中を明るくしてくれよというもの。

ちなみに長嘯子の歌集『挙白集』の跋文は江戸時代初期の蒔絵師、山本春正《しゅんしょう》（一六一〇―八二）が書いています。春正蒔絵で有名な初代春正は、長嘯子に和歌を学んだことで知られており、江戸時代初期の茶匠、文人、武将の交流の一端が窺われて心楽しくなります。

きのしたちょうしょうし●一五六九―一六四九
武将、歌人。叔母が北政所で、秀吉の寵遇を得た。若狭小浜城主。晩年は京都に隠棲した。

もしあらば花生にせんくれ竹の　千代のふるみちわけ入てみよ

覚々斎宗左

覚々斎は元禄時代から享保時代に至る千家茶道復興期に大きな足跡を残した人物として知られています。玄々斎の聞き書き書『喫茶敲門瓦子《きつさこうもんがし》』に覚々斎が蕪絵に自賛した一首が書かれています。その一首は、

おごりこそ茶湯のかたきにくきものわひてしふ茶もたのしこのよや

でありました。贅沢はわび茶の敵であり、にくらしいものであります。有り合わせの道具で渋茶をのむことこそ楽しい一時となるのではないでしょうか、という意だと思います。

元禄時代を迎えると、俳句や和歌の画賛物が流行いたしますが、茶道の宗匠たちも時流に応じて画賛物を書くようになります。冒頭の一首はこうした画賛の一つであり、画面中央に竹を大書したあとに自賛した一幅です。本紙の右下には覚々斎が、

里本は竹所ニて候間　頼れしケ様之竹一ふし申給度候　以上　左（花押）

と書いていますので画のような曲がり竹を一本所望したことがわかります。宛名が書かれ

ていませんので誰宛てかは不明ですが、一首の中に「千代の古道」とありますので、文中の「里本」が洛外嵯峨辺りに住む人物であったことがわかります。「千代の古道」とは京都右京の常盤《ときわ》から広沢池の東を通って上嵯峨へ抜ける旧道で、山城国の歌枕としても知られていました。もしも画のような一本があれば花生にするつもりだから、千代の古道へ分け入って探し出して下さいと頼んだものです。

かくかくさいそうさ●一六七八―一七三〇
十二歳頃、久田家から随流斎の養子となり、十四歳で養父に死別、表千家六代を継ぎ原叟と号した。晩年の藤村庸軒に教えを受け、紀州家へ出仕、藩主頼方（のち将軍吉宗）に千家の茶を指南した。

山城の木幡のさとをゆきゆけば　柿の実うれて茶の花さけり

九條武子

九條武子が、摂関家の流れをくむ男爵九條良致《よしむね》と結婚したのは、二十三歳の明治四十二年（一九〇九）の時でした。九條家と大谷家との関係は深く、武子の父大谷光尊は、関白九條尚忠の猶子《ゆうし》となっており、兄光瑞（二十二代門主）の妻となったのは、九條道孝の三女籌子《かずこ》です。武子の美貌は天下に知られており、二人の結婚生活は人も羨むほどでありました。しかし結婚して一年余りで兄夫婦とともに、夫良致のイギリス留学に同伴して渡欧した武子でしたが、一年半で単独帰国します。その夫が帰国したのは十一年後の大正九年（一九二〇）のことでした。その間に武子は歌人佐々木信綱（一八七二―一九六三）の門に入って歌道を学び、才媛歌人として世間周知の存在に成長していました。

幸うすきわが十年のひとり居に恋しきものを父とし答ふ

この歌は夫の留学中に詠じたものですが、十年間の空閨《くうけい》の寂しさと父を慕う武子の心情が察せられて、哀切やるかたないものがあります。

武子は佐々木信綱のほかに、西川一草亭《にしかわいっそうてい》（一八七八―一九三八）を生涯の師と仰ぎました。一草亭との交流の間に茶の湯や生け花を楽しんでいたらしく、自作の茶杓や手捏ねの茶碗も残っています。その作陶は京焼の白井半七に就いて学んでおり、

へら置きてつかれたる目を暫しやる向ひ広野の菜の花の上

の一首を詠んでおります。手遊びの合間にふと目を移した先にあった菜の花への感慨を吐露したものです。

冒頭の和歌は急逝した昭和三年（一九二八）の十一月に出版された遺稿集『薫染《くぜん》』の中の一首です。晩秋のある日のこと、宇治の木幡《こはた》辺りを逍遥しているうちに、たわわに実った赤い柿の実と、競うようにして咲く白い茶の花の美しさを詠じたものです。

くじょうたけこ●一八八七―一九二八
西本願寺二十一代門主大谷光尊と側室藤子の次女として生まれ、男爵九條良到と結婚。和歌を佐々木信綱に学び、『無憂華』などの歌集を著した。

此道を孫彦かけて伝ふべし　手にとるとても心ゆるすな

藪内剣仲

藪内剣仲は大永二年（一五二二）生まれの利休とは十四歳の年下にあたりますが、ともに武野紹鷗に弟子入りしたと伝えられています。しかし紹鷗が没した時には二十歳であったため、以後は利休の弟子となって利休風の茶法を学んでいます。

利休の消息の中に「藪中斎」宛ての手紙が度々見られますが、それらは二人の間柄を知るうえで格好のものと言えましょう。たとえば「うらやましの文」と名付けられた利休の藪中斎宛ての手紙がありました。それによれば、秀吉に近侍して多忙な生活を送らねばならない自分に比べ、みずからの好きな生活を楽しんでいる貴方をうらやましく思いますという意味の手紙です。

さてこの和歌は『茶《ちゃ》話《わ》真《ま》向翁《むきのおきな》』に記載された剣仲の一首です。全文は、

剣仲紹智居士の作

桑の茶杓に筒をして

此道を孫彦かけて伝ふべし
　手にとるとても心ゆるすな

というものです。桑茶杓は利休によって好まれたと言われますが、それと同様の桑茶杓を削り、筒を添えた紹智が詠じた一首です。紹鷗、利休から受け継いできたわび草庵茶は絶やすことなく子孫へ伝えていくように努力しなさい。そのかわりに、茶杓を握る手に心を尽くすように、油断は禁物ですといったものではないでしょうか。

やぶのうちけんちゅう●一五三六―一六二七
　藪内家の初代。藪中斎・剣仲・子的・宗胤・隠斎・燕庵と号す。茶法を武野紹鷗に受け、紹智と改めた。紹鷗没後、同門の兄弟子利休より台子皆伝を受け、のちに一派を起し、藪内家と称した。古田織部の妹を娶り、織部と茶の交わりが深かった。大徳寺の春屋宗園に参禅し、剣仲の道号を与えられた。

松風の声にたぐひてにゆる湯の　音あたゝけき冬ごもりかな

野村望東尼

野村望東尼は幕末を代表する女流勤王家として知られます。その波乱の人生の中には、長州藩を逃れてきた高杉晋作を福岡藩内の山荘に迎えて庇護するなどの行為をくり返したために、流刑に処せられる時期もありました。その一方で歌人としては、大隈言道《おおくまことみち》（一七九八―一八六八）について和歌を学んでいました。

文久元年（一八六一）の『上京日記』によれば、大坂で師言道と再会した望東は、紹介された呉服商加東邸で催された十二月十八日の茶会に招かれ、望まれるままに一首の歌を詠んでいます。日記には、

茶をものしけるかこひのうちなりしかば
松風の声にたぐひてにゆる湯の音あたゝけき冬ごもりかな

とあって、あたたかい亭主のもてなしに感謝の意を表しております。

また、福岡藩士の妻であった望東は、大坂へ出るにあたって郷土の茶器を持参していた

のではなかったでしょうか。十二月十九日の日記に、

賀(加)東何がしに、上野やきの花がめと鷹取やきの茶わんをつかはすとて
する物の名のみあがのもたかとりも心づくしのひなの山づと

と書いて、加東家の茶会の手土産として上野焼《あがのやき》の花入と高取焼の茶碗を贈呈したことがわかります。

のむらぼうとうに●一八〇六―六七
尊攘派歌人。名はもと。二十四歳の時、福岡藩士の野村貞貫に再嫁し、夫妻で大隈言道に入門、和歌、国学を修めた。夫と死別後単身上洛、和歌を通じて親交した同藩尊攘派の人士を救援した。歌集『向陵集』、配流中に記した『姫島日記』が残る。

たぎらする茶湯の盧路の下草に　りんくと鳴松むしの声

松永貞徳

貞門俳諧の祖である松永貞徳は、花の下宗匠とも言われ、多くの交友と門弟たちとを育ててきました。歌学・和歌・連歌をはじめ、儒学・神道・有職故実など該博な知識を身につけることができたのは、細川幽斎や里村紹巴をはじめ、大村由己《おおむらゆうこ》・藤原惺窩《せいか》・林羅山・木下長嘯子などの「師の数五十余人」と言われる人達からの教育によるものでした。歌人としては幽斎没後の第一人者として名を馳せています。

貞徳の茶の湯に関しては不明な点ばかりですが、取り上げたこの和歌を読みますと茶会に招かれたことも度々あったのではないかと思います。露地を歩くうちに聞こえてくる松虫の鳴き声を、たぎった茶の湯の音と聞いているのではないでしょうか。

まつながていとく●一五七一―一六五三
京都の人。名は勝熊、号は長頭丸・逍遊軒など。花の下宗匠と称され、俳諧では貞門俳諧の祖。門人に北村季吟らの七哲がある。

手取めよおのれは口がさし出たぞ　雑炊たくと人にかたるな

丿貫

丿貫と言えば奇行で知られた極わび茶人として知られています。野上弥生子の『秀吉と利休』は、権力と接近した利休居士の生き方を丿貫の視座からみていく小説です。

丿貫が極わび茶人ぶりを最大に発揮したのは、秀吉が催した北野大茶湯の時でした。この茶会に出席したという久保権大夫の『長闇堂記』によりますと、秀吉をはじめ利休・宗及・宗久という天下の三宗匠も、それぞれの茶席を担当している中で、権大夫の目に印象深く焼き付いたのは、美濃国の一化《いっか》と丿貫の席のしつらえでありました。午後から各席を回りはじめた秀吉は、まず一化の席に立ち寄り、白扇を与えて褒美したあと、経堂の東の方を向いた秀吉の目を射たのは、陽光に輝く朱傘でありました。近付いてみると、七尺ばかりの柄に一間半の大傘を朱塗りにしたものが立ててあり、そのかたわらに葭垣《よしがき》で囲った席を構えています。さすがの太閤もその趣向に度肝を抜かれ、席に立ち寄ると「天下一のわび茶人」として、諸役御免の褒美を下されたということです。これが野点傘《のだてがさ》の最初と言

えるのではないでしょうか

北野大茶湯よりしばらく後のことです。諸役御免の許しを与え、今後も一層茶の湯に励むよう激励した太閤は、その言葉通りに極貧のわび茶を続けているノ貫のことを奇特なことだと感じ、いま一度扶持《ふち》米を与えようとします。ところがノ貫は、その好意を受けようとしません。そこで理由を尋ねると、「私はわび茶の湯を一筋に考えて、日々茶を点てることに満足しております者で、別にこれといった欲はありません。ただ、わび茶ができることが幸せでございます。もし御扶持を頂戴いたしますと、富貴になってしまい、わびがしにくくなります。それ故ただ今のままの状態で露命をつないでいたいのです」と申し上げます。

これを聞いた秀吉は、変わり者だとは思っていたがいよいよもって手のつけようのない変人だわいと思い、それならば大津より京へ東海道を上り下りする車馬の運行料のうち、十分の一を与えるようにしようと重ねて申し渡します。けれどもノ貫は、それも断ってしまいました。こうなると秀吉のほうも承知しません。しばらくもめにもめたあと、ノ貫はようやく秀吉の好意を受けることになりました。

さて、秀吉のありがたい心を承諾したものの、駄賃の十分の一を貰えるとなれば大変な額になります。そこで丿貫は一計を案じました。家の前に「一匹に一銭給わり候へ」という立札を立てておいて、窓から手取釜をつき出し、それが一杯になると釜を取り入れ、その銭がなくなるまで出さなかったということです。

丿貫はこの手取釜ひとつで毎日糝《みそうず》（雑炊）というものを煮て食事をし、それが終わると砂でみがいて山水の流れをくみ入れて一服の茶を楽しんでいました。そんなある時詠じた一首の狂歌が冒頭の歌です。片口になっている手取釜に、雑炊も茶も果てには銭も入れていることを他人にしゃべらないように、という諧謔を歌ったものです。

ちなみにこの歌は『源流茶話』では粟田口善法《あわたぐちぜんぽう》の狂歌となっております。

へちかん●生没年不詳
桃山時代の茶人。京都上京の坂本屋の出。一説に医師曲直瀬道三の姪婿とも伝える。利休を山科の草庵に招いてもてなした逸話が伝わる。

今ぞしる散らぬ桜の花見山　風も春陽に治れる世を

認得斎宗室

認得斎は、十四歳の天明三年（一七八三）に又隠《ゆういん》で初めての口切茶事を催します。最も重い口切の茶事の亭主を十四歳で務めているのは驚きです。その後、三十二歳で父不見斎を亡くすまでの間、厳しい精進をくり返していたものと考えられます。特に二十五歳で皆伝を受けますが、それまでの間、茶の湯についてのすべてを詳細に書き留めておりました。玄々斎の『喫茶敲門瓦子《きっさこうもんがし》』によりますと、認得斎が茶法のすべてを書物にしているのを見た父不見斎は、家元の継承者として修行を重ねている者が点前手続を筆記することで覚えようとするのはよくないと注意をし、先祖の宗旦が「茶の道は心に伝へ目に伝へ耳に伝へて一筆もなし」と歌に詠じているのも、それを教えようとしたものであると諭しました。書物とは死に物にすぎないと聞かされた認得斎はすべてを焼き捨ててしまったと書かれています。

認得斎の生きた文化・文政期は元禄時代と並ぶ二大繁栄期と言われているように、今までほとんど見られなかった千家好みの薄器の中に蒔絵が施されるようになりました。認得斎は殊に夕顔が好きだったらしく、夕顔台子や夕顔棗などを宗哲に造らせております。

この歌は、自作の「花見山」と銘された竹茶杓に対する自詠の一首で、内箱蓋裏に、

今をしるちらぬ桜の花見山かせも春陽に治る代を

と認められた歌銘です。穏やかな世相を表現しているのでしょうか。風までが静かになって花見山の桜も散らずに咲き続けているという心を表現したものに違いありません。

にんとくさいそうしつ●一七七〇—一八二六
裏千家十代。九代不見斎の長男として生まれた。柏叟と号す。三十五歳で家元を継承。

世の外のおもかげなれや庭古りて　苔むすいはほ陰高き松

伴　蒿蹊

平安和歌四天王と言えば、小沢蘆庵《ろあん》、澄月《ちょうげつ》、慈延《じえん》と伴蒿蹊《ばんこうけい》の四人を称するわけですが、蒿蹊は『近世畸人伝《きんせいきじんでん》』（寛政二年・一七九〇刊）を著した人物としても知られております。行為や人格は奇であるが、天に叶った生き方をした武士・商人・職人・農民・僧侶、学者など二百人に及ぶ伝奇を記した一大人物記です。茶人としては、土肥二三《どひじさん》や売茶翁《ばいさおう》などの名も見られます。蒿蹊は藪内竹心四天王の一人ともされており、関竹泉（竺僊）が著した『茶話真向翁』の序文を享和二年（一八〇二）に書いていますので、二人の交遊を考えることができます。和文文章家として知られた蒿蹊の序文は「しめちかはらのさしも草」という七五調の美文調で始まっております。仏教の宗派が色々と分かれているように、茶道は利休を根本として、織田有楽、細川三斎、古田織部、金森宗和、小堀遠州、片桐石州、千宗旦、藪内紹智と分かれてきたけれど、これらはすべて、

宗易の流ならずとはいはん、此人々をつぎて茶をこのむともがら、野辺に生ふかつら

のごとくしげかれど、茶道とのみ思ひて宗易の心をばしらざる人もまたおほかるべし

と書いています。蒿蹊が茶道をどのように理解していたかを知ることができます。また蒿蹊の家業は畳表や蚊帳、傘などを商い、京都・江戸に店を構える典型的な近江商人でありましたが、和歌を武者小路実岳に学んで古今調の歌をよくしたと言われ、『閑田文章』『閑田耕筆』『閑田次第』なども残しています。

冒頭の一首は『茶話真向翁』に収められています。三界の火宅を出でた、清浄な仏世界をあらわす露地の情景を詠じた一首で、蒿蹊の風流振りが知られる詠草と言えましょう。

ばんこうけい●一七三三―一八〇六

国学者。歌人。近江国近江八幡の人。名は資芳。閑田子、剃髪して蒿蹊と号す。武者小路実岳に歌道和学を学び、師没後は自ら古学を修め一家を成す。平安四天王の一人で、家集『閑田詠草』、著書『閑田耕筆』『近世畸人伝』『国歌論評』などがある。

本来に立ち帰りても何かせん　とは思へども是非に及ばず

一翁宗守

祖父利休の指示によって大徳寺の春屋和尚のもとへ喝食《かつしき》としての修行に出された宗旦は天正十九年（一五九一）の利休切腹のあと秀吉によって千家再興が許されるとすぐに還俗して父少庵のもとへ戻ることになりました。その年は文禄四年（一五九五）のことと考えられます。天正六年生まれの宗旦が、十八歳の時に還俗したことになります。還俗した宗旦が結婚した年は明確ではありませんが、長男宗拙のあと次男甚右衛門のちの一翁宗守が誕生したのは慶長十年（一六〇五）のことでした。

宗旦の二男として誕生した宗守は、早くから塗師吉文字屋吉岡与三右衛門の養子となって甚右衛門を名乗っていましたが、のちには吉文字屋を塗師八兵衛（中村宗哲）に譲り、千家に復して武者小路千家官休庵を開くことになりました。そして高松の松平侯の茶道役として仕えております。宗拙と宗守の二人は宗旦の先妻の子ですが、死別したのち慶長十九年頃に宗旦は宗見を後妻に迎え、江岑宗左、くれ、仙叟宗室の三子をもうけました。

この和歌は一翁宗守の辞世の一首だとされています。幼い頃に塗師の家へ養子に出され、二人の弟たちが千家を興すとともに、別家としての官休庵を開き、松平家に仕えるなど、波瀾に富んだ人生を送った一翁の境涯があふれた一首だと言えます。

是非に及ぶことではないけれども、本来の姿に戻ってみたいものだということでしょう。

いちおうそうしゅ●一六〇五―一六七六
武者小路千家四代。大徳寺玉舟宗璠に参禅し、一翁宗守の号を受ける。晩年、武者小路小川に官休庵を建て、武者小路千家を開いた。

茶をたいて友には人をよせぬるも　筒に入江のおあしみたさに

売茶翁

伴蒿蹊が『近世畸人伝《きんせいきじんでん》』に取り上げた人物の一人が売茶翁高遊外《こうゆうがい》です。売茶翁は、荷茶《にないぢゃ》屋《や》風の移動自在の茶道具を持って市中に出て茶を販《あきな》っていたようですが。その茶屋の柱に、

達磨さへおあしで渡る難波江の流れを汲める老いのわが身ぞ

の一首を書いてつるしておいたと言われます。

「おあし」の話が絶妙ですが、こんなところから畸人伝に取り上げられたのでしょう。売茶翁の伝記は『茶経詳説』を書いた大典顕常《だいてんけんじょう》の『売茶翁伝』が詳細ですが、それによれば十一歳で黄檗宗の化霖について得度しています。売茶翁は、長崎で修行していた若い頃に、中国趣味の一つとして黄檗の教義を学んだものに違いありません。しかも清朝からの来朝人たちは、ほとんど釜煎の茶を飲んでいましたので、烏龍茶風の烹茶を身につけていったものと思われます。その後京に上った五十代後半になって宇治田原の永谷宗円（一六八一―一七七八）が抹茶製法に典拠した蒸し製の煎茶を考案して緑茶が日常生活で

飲めるようになったと聞き、それを求めて宗円を訪ねて行ったとも言われます。そして、六十歳になった年から通仙亭という茶屋を構えて売茶活動に入っていったようです。その茶屋には前出の歌がかけられたり、冒頭の一首がかけられたりしたようです。

売茶の商売をしているのも竹筒に入った銭を見たいためであるという意です。翁は竹筒を振って一日分の飯が食べられると判断したら、店を閉めて帰っていったとも伝えられております。売茶翁の究極の諧謔は、

茶銭は黄金百鎰より半文銭までくれ次第
ただ呑みもかってただよりはまけ申さず

とつるした札ではないでしょうか。

ばいさおう●一六七五―一七六三
江戸時代中期の僧、煎茶人。肥前の人。号は月海。洛西双丘に逗留して一服一銭の茶を給仕し、売茶翁と呼ばれた。

振舞はこまめの汁にえびなます　亭主給仕をすればすむなり

千　利休

利休居士の茶の湯教歌は、「利休百首」の名で知られておりますし、稽古の初めに一首ずつ口誦されている方もあるかもしれませんので、居士の道歌の代表として取り上げるのは控えることにいたしました。

さて、利休居士の「百首歌」については、居士が百首のすべてを詠じたとお考えの方はおられないことと思います。当然利休居士が詠じた歌も入っていますが、そのすべてを居士が詠んだのではなく、利休居士が大成した茶道の精神をとらえつつ、後世の人たちが一首一首補足していき、現在みるような形になっていったものと考えられます。

それでは「百首歌」がどのようにして成立していったかをみていきましょう。道歌ではありませんが、茶器や茶樹などを詠み込んだ『烏鼠集百首《うそしゅう》』と称されるものが湘東一枝なる人物によって編集されたのは元亀三年（一五七二）のことでした。その百首とは、「名物は作物《つくもにた》似りや小茄子《こなすび》や富士や曙円座茄子《あけぼのえんざなすび》よ」などの百首と、「手に持《もち》てくるしからさる物ハただ茶湯道具に花の一枝」の又十首を足した百十首の和歌ですが、詠じたのは中国から帰化した藤重・藤好だと書かれております。この百首歌は、寛永十九年（一六四二）になると『茶場百首歌』と題した木版本として刊行されています。

一方、茶の湯道歌に利休の名を冠したものに『石州三百ヶ条』の註釈書『無住抄』があります。この書は石州の高弟怡渓宗悦《いけいそうえつ》の門人である小泉宗阿による註釈書ですが、その中に「宗易歌」として九首が収められています。その九首とは、

中次《なかつぎ》のふたハ横手にかけてとれ茶杓ハ草に置物《おくもの》そかし

なつめをハふたのうへよりかけてとれ茶杓ハ角に置物てなし

炭おかはたとひ習ひにそむくとも湯のたきるこそ炭ハすミなり

炭おかは五徳はさむな十文字ゑんをきらすな釣合をミよ

崩れたる白炭あらハすてゝおけまたよのすミをおくものそかし

くつれたるその白すみを取のけてまたもまた置ことハなきもの

客になり炭するならハいつとてもたきものなとハ客くへぬもの

とにかくに服のかけんを覚ゆるハ濃茶さいく立てこそしれ

茶をたてハ茶せんに心よくつけよ茶わんのそこへつよくあたるな

であり、通常の「利休百首」に収められるものと合致します。無住軒は宝永六年（一七〇九）に幕府の公務を致仕したあと、享保十五年（一七三〇）に七十六歳で没しますので、この間に註釈書が書かれたとして、利休道歌が成立していく様子を窺うことができます。

一方、『南方録』は立花実山によってまとめられたものですが、「滅後《めつご》」巻中に六首の利休道歌が収められています。実山によれば、南坊宗啓が利休のもとを訪れた時に反古裏《ほごうら》に書いてあったという曲尺割《かねわ》りの歌ですが、その六首は利休道歌に入っていません。「滅後」巻によれば、南坊はまた別の一枚に次の四首が書いてあったと言っています。それは、

客アルジ其真心ヲス、グコソ百沸湯ノ湯アヒ也ケレ
露地ハ只ウキ世ノ外ノ道ナルニ心ノ塵ヲ何チラスラン
茶ノ湯トハ只湯ヲワカシ茶ヲ立テノムバカリナル本ヲ知ベシ
露地スキヤ客モアルシモ茶トモニフリヤハラゲテ隔心モナシ

の四首ですが、この中の二首は利休百首の中に収録されています。

このように「利休百首」の編集は、元禄年間の利休百年忌を迎えた頃に始まり、享保頃になって百首が成立していったのではないでしょうか。

ところで、冒頭の和歌は利休居士の道歌として最も早くに書かれた一首です。収録され

ているのは久保権大夫の『長闇堂記』（寛永十七年成立）です。その一文は、

宗易華美をにくまれしゆへか、わひのいましめのための狂歌よみひろめ畢

えりかへてすミそめぬのこ色のわた帯たひあふきあたらしくせよ

振舞はこまめの汁にえびなます亭主給仕をすれはすむ也

それよりして世にねすミ色とてもてはやせり

というものです。利休居士は、前の一首を茶会に招かれた客の心得として詠じています。襟をかえ、無地の着物、帯も足袋も扇も新しくしなさいというものです。冒頭に引用した一首は亭主の心得として、懐石はたとえあずき（小豆）の一汁と海老鱠《えびなます》の一菜であってもかまわないが、亭主みずから膳を持ち出して客へのもてなしをしなさいという教えです。茶の湯がもてなしの美学だと考える究極の歌と言ってよいと思います。

せんのりきゅう●一五二二―九一
茶の湯の大成者。堺の人。別号抛筌斎。武野紹鷗に師事して茶の湯を修め、大林宗套に就いて宗易の法号を授かり、禅旨を基に茶の湯の工夫に努めた。のち秀吉に召され茶堂となる。秀吉の禁中茶会に際して利休居士号を勅賜され、天下一宗匠の栄誉を得た。天正十九年二月堺に下向、蟄居を命じられ、同二十八日自刃。

こゝにしも何にをふらん女郎花　人の物いひさかにくきよに

珠光

珠光が生きてきた時代は応仁の乱をはさんだ唐物荘厳の時代でした。『君台観左右帳記』に見られるような唐物崇拝の時代に、和物を取り入れた草庵茶を興すのは、大変な風当りに耐えねばなし得なかっただろうと考えられます。

南都奈良に生まれ育ち、青年時代に称名寺《しょうみょうじ》で修行していた珠光が、再び奈良に戻ったのは応仁の乱が原因していると言えますが、その頃門弟となったのが、土豪古市播磨澄胤《ふるいちはりまちょういん》（一四五九―一五〇八）でした。『山上宗二記』では「珠光一ノ弟子」とされ、三十種に及ぶ名物道具を所持したと言われるほどになった播磨でありましたが、珠光と出会うまでは、当時流行していた群飲佚遊《ぐんいんいつゆう》の淋汗茶《りんかんちゃ》を楽しんでいたことが『大乗院寺社雑事記』や『経覚私要鈔』などによって知られます。

珠光が古市播磨に与えたとされる一文は、世に「心の師の文」とか「心の一紙」とも言われます。「心の一紙」が珠光自身の文章かどうかの結着はまだついてはいませんが、続く「お尋の事」とともに世間に流布してまいりました。珠光による一連の文章は藪内竹心の『源流茶話』に記載されるのが最も早い例ですが、それによれば、珠光の草庵茶の究極は、連歌の心である「冷え枯れ」や「冷えやせ」に到達する世界でした。そのため、

当時ひゑかるゝと申て、初心の人躰か、ひせん物・しからき物なとをもちて、人もゆるさぬたけくらむ事言語道断也、かるゝと云事は、よき道具をもち、其あちわひをよくしりて、心の下地によりてたけくらみて後まて、ひへやせてこそ面白くあるへき也

と言って、初心のものが備前や信楽物を使って茶会をすることを言語道断だと、実に手厳しくいましめております。では備前・信楽物は、いかなる境地の人が持てばよいのでしょうか。それに対して珠光は、若い間には美しいよい道具を持ち、修行が行き着いたあとで持つべきものだというのです。『山上宗二記』によると、珠光は「冷え枯れ」た茶の精神の本質を次のように答えていたと伝えています。

珠光ノ云レシハ、藁屋ニ名馬繋キタルカヨシト也、然則、麁相ナル座敷ニ名物置タルカ好シ、風体猶以テ面白也

藁屋という粗末な座敷は「冷え枯れ」た世界であって、そこで使用する道具は名馬、す

なわち華やかな道具を取り合わせた方がよいというのです。これは、わび草庵茶を考えていく上での重要なポイントとなります。わび草庵茶だからといって、何から何まで「冷え枯れ」や「わび」ていればよいというのではなく、そこにはおのずから「取り合わせ」が重要な意味を持つというのでしょう。

さて、こうした珠光の草庵茶に触れることによって茶の世界観を一変させたであろう古市播磨が、草庵茶のあり方を珠光に尋ね、それに対する答えを与えられたのが「お尋の事」でありました。その全文は、

一所作は自然と目に立候はぬ様に有へし
一花の事、座敷よきほとかろ〳〵と有へし
一香をたくと、いかにもさのみけや〳〵敷立候はぬ様につくへし
一道具も年より人、又若き人それ〳〵の程可然候
一座敷へなをりて、主客ともに心をのとめて、ゆめ〳〵他念なき心持こそ第一の肝要なれ、御心まてにて外面へ無用なり

とあって、冒頭の一首へと続いております。草庵茶の精神に基いた点前の実践を説いたものですが、その根本は目立たないかるい所作にあるということです。

唐物趣味が横溢する時代に、匂いを発散する女郎花のように寺の僧坊で草庵茶を説いて非難をうけている珠光自身の思いを、『拾遺和歌集』の僧正遍昭の歌を借りて言いたかったのではないでしょうか。一首が珠光自身の詠でないため、珠光の心情を伝える一首として補遺に取り上げることにしました。

しゅこう●一四二三―一五〇二
茶の湯の開山とされる。奈良に生まれ、称名寺に入るがのち上洛、下京町人として成功。晩年は数寄者として名をあげた。一休和尚に参禅、印可の証として圜悟墨蹟を授かったという。利休の茶は「珠光に道を得、紹鷗に術を得」と言われ、その名が不朽になった。

［単行本］あとがき

私が茶の湯教歌に興味を持ったのは、かれこれ三十年ほど前のことになる。私の大学院の修士論文のテーマは「わびの研究」であった。したがって、そこで〈わび〉を多角的に研究したわけだが、後日この論文では試みなかった見かたで、わびを捉えてみた。すなわち『万葉集』中の「和比」「和夫」「惑」「惑者」などの歌語を取り上げることからはじめて、『古今集』『新古今集』の中で「わび」の語が使われた和歌を抜き出し、わびの意識の変遷をたどったのである。

この論文は補綴して、『茶の湯　研究と資料』（木芽文庫）5号・6号に「〝わび〟の系譜――言葉としてのわびの変遷――」として掲載させていただいた。しかしここでは『水無瀬三吟』や『湯山三吟』などの連歌の世界までのわびの変化を調査することで終了してしまった。

その後、草庵茶成立以来のわびの美意識を考察しようと思い始めたときに、『長歌茶湯物語』（「茶道文化研究」第一輯所載）に出会った。長歌の最後には、

きくやいかにあそひの上の茶湯たにすかてはしらしならいありとは

の反歌が一首添えられている。興味深く思ううちに「児教訓」「玄旨百首」などから「烏鼠集百首」『利休百首』に至るまでの教訓歌や百首歌を目にする機械をえた。こうして見ていく内に、茶匠や数寄者の茶の境涯が一首の中に詠み込まれていることがわかった。そんなこともあって茶人達が詠じた道歌を集めはじめた。しかし、境涯の創意を詠歌で比較できないかという大胆な試みはすぐに破綻してしまった。その頃には四十人程の和歌が集まっていた。そこでまた、定家卿の「百人一首」に倣って、無謀ながら「茶の湯百人一首」の編集にとりかかった。ところが、八十人を越えたところで往き詰まってしまった。困ったときの八木頼みよろしく、畏友八木意知男氏へ相談すると幕末・明治の国学者や歌人達の詠歌をたちどころに教えてくださった。かくて本書が成ったのである。

この百人一首は、「淡交」に平成十三年から十五年にかけて連載したものであるが、この度の出版に際して数人の入れ替えをさせていただいた。出版にあたっては、編集局の野口真紀子氏の手を大いに煩わせてしまった。あらためてお礼を申しあげたい。

平成十六年九月

筒井紘一

あとがき

茶道の世界で最も知られている百首歌と言えば、「利休道歌」があります。利休道歌だからと言って、全てを利休居士が詠まれたわけではありません。利休百年忌を迎えた元禄時代を過ぎた頃になってから、次第に整えられ、「利休百首」と言われるようになりました。

道歌としての「百首歌」を詠む土壌は、平安時代後期に藤原良経や定家が詠じた「鷹百首」以来、室町時代に至るまで蹴鞠百首・西明寺殿百首・三十二番職人歌合・世中百首・多胡辰教家家訓和歌・武備百人一首・卜伝百首などと続き、育くまれていきました。

一方、茶道による百首歌が初めて編纂されたのは、百首と追加十首からなる『烏鼠集《うそしゅう》』であり、元亀三年のことでした。『烏鼠集』は、「もろこしに陸羽桑苧や蘆玉川茶に数寄遊ぶ輩ときく」から始まる百首と、「茶杓には周徳羽淵又塩瀬差出す後に削とぞきく」などの十首からなっています。その後、寛永七年には『御茶物がたり』という御伽草紙の一種である古活字版が刊行されています。江戸時代の始まりの時期に茶の湯に関する和歌がまとまって出版されるという状況が生まれていたということには驚かされます。しかしこの書は直接茶の湯を詠じたものではなく、戯れ歌に属するものでした。

そもそも百首歌の始まりは、藤原定家によるとされる「小倉百人一首」です。一方、「利休百首」は利休が詠じた道歌として伝世してきました。十三年ほど前のことになりますが、定家の顰《ひそみ》に倣って百人の茶人を取り上げて、茶の境涯を詠じた一首だけを厳選し「茶の湯百人一首」を編集してみようと考えて「淡交」に連載し、単行本として出版させていただきました。私自身は後世に残る名著になるほどの編集だと思ったのですが、文学や茶道研究者の歯牙にもかからなかったのは残念至極でした。

ところがこの度、淡交社が力を入れている淡交新書で取り上げて下さることになり、起死回生を願って出版させていただくことにしました。願わくば、少しでも数寄雑談の話題に取り上げられんことを祈ってやみません。

平成二十九年十一月

筒井紘一

人名索引

筒井紘一　つつい ひろいち
1940年、福岡県生まれ。早稲田大学文学部東洋哲学科卒業、同大学院文学研究科修士課程修了。文学博士。今日庵文庫長、茶道資料館副館長。京都造形芸術大学客員教授。
著書に『茶書の系譜』（文一綜合出版）、『茶人と名器』（主婦の友社）、『すらすら読める南方録』（講談社）、『利休の逸話』『淡交新書　知って得する茶道のいろは』『茶道具は語る』『美術商が語る　思い出の数寄者』『平成茶道記—現代数寄者の茶事・茶会』（淡交社）など多数。

装幀　中本訓生

淡交新書
茶の湯百人一首

平成29年11月25日　初版発行

著　者　筒井紘一
発行者　納屋嘉人
発行所　株式会社 淡交社
本社　〒603-8588 京都市北区堀川通鞍馬口上ル
営業　075-432-5151　編集　075-432-5161
支社　〒162-0061 東京都新宿区市谷柳町 39-1
営業　03-5269-7941　編集　03-5269-1691
www.tankosha.co.jp
印刷・製本　図書印刷株式会社

ISBN978-4-473-04199-9